溫米與
玩具兵

人物介紹

溫米

個性內向、怕生的國中生，沒有朋友又遭到其他同學的欺負，總是待在角落一個人靜靜的看書。從小就接受父親的嚴格教育，使得他對自己的父親有所畏懼。

小鐵

溫米撿到的玩具士兵人偶，自稱是從布卡布羅來的外星人，目的是為了尋找寶藏。外表看似滑稽，實際卻擁有不可思議的力量。

史皮迪

寶藏的守護者，真面目是名為科麥瑞人的外星人，透過擬態變成一隻頭戴爆炸頭的猴子。大嗓門，總是對自己很有自信，態度十分傲慢。

辛可

寶藏的守護者，真面目是名為科麥瑞人的外星人，透過擬態變成一隻貓，身上穿著隆重的燕尾服。耳朵非常靈敏，可以從很遠的地方聽見細微的聲音，個性和善親近，實際上卻非常喜歡捉弄人。

哈尼斯特

寶藏的守護者，真面目是名為科麥瑞人的外星人，透過擬態變成一隻老鷹，有一雙死魚眼。性格懶散，不論做什麼事都沒有幹勁，欠缺責任感。

目次

01
孤立的温米

「開始囉！」

「剪刀、石頭、布！」

操場聚集了不少人，除了我們班的——還有其他年級的學生混在裡面。他們被平均分成了兩隊，分別站在球場的左側與右側，準備玩一場躲避球賽。

現在兩邊各派出一名代表出來猜拳，好決定由哪邊先攻。

場上充斥著蓄勢待發的氣氛，每個人的表情看起來都相當興奮，大家都對即將開始的這場大戰充滿期待。即使早就過了放學時間，校內依舊充斥著熱鬧的氣氛。

只是面對這麼有趣的事情，我卻只能坐在操場角落邊的鞦韆上遠遠觀看，看著別人丟球、閃躲的模樣，說不想加入肯定是騙人的，可我卻無法順利參與其中。

「看招！」

今年國小五年級的我，明明已經是高年級生了，別說是朋友，我連和班上的同學都沒說過幾次話。

當其他人在下課時間大聲嬉戲或到外面玩時，我總是一個人窩在角落，靜靜的閱讀自己的書。

我並沒有刻意要孤僻，僅僅是單純喜歡看書而已。

我們學校每隔一段時間就會在教室的書櫃裡放幾本新書，我總是第一個把它們全部看完。

閱讀非常有趣，可以知道一些平常上課不會學到的知識，因此我很喜歡閱讀。我每天都會獨自看好幾本書，所以完全沒時間和其他同學往來。

日復一日，於是我漸漸從班級中脫離，變成孤單一個人。等到我終於發現自己與他人的關係不太密切，一切都已經太遲了。別人早就建立了屬於自己的交友圈，就只有一開始不積極參與的我被排除在外。

儘管這並不代表我註定永遠孤單一人，若能從現在開始積極改變，我應該還是能交到一、兩個朋友也說不定。

如同書中也有提到：「只要能夠鼓起勇氣，一定能和別人成為很好的朋友。」

然而書中並沒有提到鼓起勇氣是多麼困難的一件事，就算真的做到了，我也不知道接下來該做什麼才能跟別人成為朋友。所以不管心裡頭再怎麼想要朋友，也只能無可奈何的站在一旁看著別人相親相愛。

那麼，既然沒辦法參加這場刺激的躲避球賽，為何我還要像個笨蛋一樣站在旁邊痴痴的觀看？想到這裡，我便不由自主的看向放在鞦韆旁的書包。

今天數學老師安排了一場小考，說是要複習之前的進度，所以現在我的書包裡面有一張數學考卷。

從結果來說，我的成績是班上最優秀的，滿分一百分我拿到了九十九分，而且沒有一個人的分數比我高。

九十分以上的人也才只有五個，即使差一點就達到滿分，但我應該還是可以為此感到驕傲才對。

可是這一分之差，卻也成為了我不想回家的最大原因，萬一那張考卷被爸爸看見了，肯定會令他大發雷霆。

從小爸爸就對我非常嚴格，凡事都要求必須做到完美，不容許半點錯誤。若是不小心做錯一件事，哪怕是再微小的失誤，他也會罵我、兇我，絲毫不會給我半點情面。

尤其在課業上更是極為嚴厲，不論大小考試，分數絕對不能低於九十五分，否則就會被爸爸狠狠的修理。

話雖如此，其實考到九十六、九十七、九十八分也好不到哪去，依舊免不了要受到他的責罵。

只是那些和九十九分相比根本不算什麼。記得有一次拿了張九十九分的考卷回家，結果爸爸像是看見仇人般，立刻化身成魔鬼先是對我一陣狂罵，接著罰我跪在牆角好好的反省，並且禁止我吃晚餐。

在爸爸的眼中，比起沒有考到九十五分以上，他更討厭見到我只拿九十九分。對他來說，九十九分是比滿分還要差勁的劣質品，那代表自己明明有那個實力，卻因為粗心大意而沒有考好，是絕對不能犯下的重大疏失。

那天的懲罰十分漫長，一直到深夜時分爸爸才肯罷休，所以即便已過了一段時間，我依舊對當時的感觸印象深刻。因此當看到自己又再次考了個九十九分，會不想回家也是很正常的。

「看我的超級魔球！」

「打不到啦！」

只是也不可能一直逃避下去。

現在的時間也不早了，天就快要黑了，不管心裡頭再怎麼不願意，最後我還是要乖乖回家才行。

可是如果就這麼回去，一定又會被問學校的事，該怎麼辦才好？

乾脆找個地方把考卷給丟了，然後再對爸爸說謊怎麼樣？

不行，萬一被認識我的人看見，並且還將一切經過都告訴爸爸的話，到時候我肯定會被修理得更慘。

還是乾脆用火把考卷給燒了，這樣就不用怕會被別人找到證據。

但是……這麼做也必須先回家找打火機或火柴才行，況且我也不是很清楚那種東西會放在家裡的什麼地方，要是在找到之前就被爸爸看見，到時我鐵定會驚慌失措。還是直接在爸爸的面前把考卷給吃了，說不定他會覺得很有誠意，就這麼算了。

就在我快要想破頭時，操場變得非常安靜。原本還在玩躲避球的那群人似乎已經解散了，如今校園內變得空蕩蕩的，除了我以外根本看不到半個人影。夕陽也在不知不覺中將天空染個通紅，這代表我的時限也已經到了。

灰姑娘因為聽見午夜十二點的鐘聲而變回平凡人，我也因為臨近回家的時限而必須回到現實，想到這點就不禁想要嘆一口氣。

我拎起了放在一旁的書包準備離開學校，並祈禱自己能夠在所剩的時間內做好心理準備，好去面對即將發生在自己身上的悲劇。

只是這時我還不知道，其實剛剛的那些煩惱根本沒有任何意義。因為下一刻起，我的人生將會被大大的改寫。

※※※

「啊！溫米！怎麼現在才回家！」

我剛走到家門前，就遇見了住在隔壁的大嬸。

她是個很親切的人，經常到處串門子和附近的鄰居閒話家常，偶爾會來我家作客。不過大嬸的嗓門很大，我不是很擅長面對她。

「今天有事留在學校。」

沒必要跟她說實話，因此我只是隨口回答，接著就打算伸手打開家門。正當我準備要這麼做時，左手卻突然被大嬸給抓住了。

「快點！跟我一起去醫院！」

「咦？」

我被大嬸的舉動給嚇到了，沒能在第一時間理解她說了什麼，直到被強行拖走我才回過神來。

「等、等一下！先等一下啦！」

面對這突如其來的狀況讓我反射性的想要抵抗，不過再怎樣，小孩的力氣也比不過大人，所以我幾乎是被大嬸拖著走。

「這是要帶我去哪啊？」

「剛不是說了要去醫院！」

大嬸的語氣很不耐煩，表情十分著急。

「為什麼要去醫院啊？不說清楚我哪知道怎麼回事！」

由於我的手臂被拉扯得很疼痛，我的口氣也變得粗魯了起來，大嬸在聽到這句話後終於停了下來，並轉過頭來瞪我。

這時我才發現自己說錯話了。再怎麼說大嬸也是長輩，實在不應該用那種口氣跟她說話。

完蛋了，要被罵了。

「你爸爸他……出車禍了！」

只是大嬸並沒有責怪我，而是說出了令人錯愕的消息。

「他正在醫院進行搶救！快點！」

不給我發問的機會，大嬸又逕自拉著我的手向前邁進。

儘管手臂再次受到拉扯，但由於無法理解剛剛聽到了些什麼，所以我並沒有像方才那樣產生抵抗，而是任由大嬸粗暴的拖著我前進。

之後到底發生了什麼事，並且在醫院看到了些什麼，說真的我不太記得了，不過如果要用一句話來形容當時的心情，我大概會這麼說吧……

「這是……怎麼回事？」

※※※

「昨天的小考考卷已經改完了，叫到名字的來前面拿。」

外頭的天空灰濛濛一片，雲層厚到把陽光給遮住了，雖然應該不至於會下雨，但這種天氣真的很令人憂鬱，感覺渾身都不自在。

不過如果太陽露臉的話也很討厭，尤其像現在夏季即將到來，採光良好的教室會讓陽光直射進來，到時候室內溫度肯定會直線飆升，這樣只會令人更加憂鬱。

「雖然這次的題目很難，不過還是有同學拿到滿分。」

台上的老師彷彿在誇耀自己的功績般，班上的同學不約而同的發出驚呼。

「溫米，一百分。」

老師叫到了我的名字，於是我將思緒移回教室，並且起身離開座位，走去講台前拿自己的考卷。

也許是因為老師帶頭拍手的緣故，教室裡響起了七零八落的掌聲，聽起來一點誠意也沒有。

這也難怪，誰叫站起來的人是我。

其實自己這麼說有點可悲，因為已國中二年級的我至今還是沒有交到任何朋友，仍然是孤零零的一個人。一般來說，利用環境的改變來轉換形象較為容易。

可惜我目前就讀的國中和以前的國小距離非常近，身邊的同學也多半還是熟悉的那群人。

因此我還是沒辦法順利融入別人的交友圈。只是話又說回來，儘管我的交友情況依舊得不到改善，但要說自己完全沒有改變那倒也不是這麼一回事。

首先，我的成績變得比以前更好。也許是因為很喜歡閱讀，我的記憶力似乎比其他人都來得好，加上我沒有朋友，所以幾乎無時無刻都在念書，考高分可以說是家常便飯，當然這也沒什麼好炫耀的。

值得一提的是我變得較為樂觀。

身邊雖然沒有可以說悄悄話的對象，不過我倒也不認為這是壞事。因為這代表自己能夠不被打擾的專心做自己想做的事，不用考慮怎麼迎合別人，也不需要在意周遭的氣氛，只需要忠於自己就好，況且周遭的同學也不值得我去深入交談，反正他們也不曾把我當朋友看待。

「唔！」

這時我的身體因為絆到某個東西而失去平衡，幸虧即時站穩腳步，才不至於演變成一場笑話。

「嘖！」

一個很小的咂嘴聲傳入了耳裡，我沒有轉過頭確認，避免被誤會是在挑釁，反正就算不那麼做大概也知道剛才是怎麼回事。

十之八九是有人趁我經過的時候，故意伸出腳來想絆倒我。因為已經不是第一次了，所以我才能避免最糟糕的情形發生。雖然我很想說這麼帥氣的話，不過說真的這樣說反而有點好笑。

我裝作沒有注意到，再次邁開步伐回到自己的座位上。

「還有陳彥柏也是一百分。」

老師接著喊出這個名字，只見一名身材高大、長相清秀的男生站了出來，一瞬間教室響起了如雷的掌聲，甚至有同學大聲高呼，氣氛相當熱絡。這也難怪，陳彥柏不光是公認的帥哥，個性也十分和藹友善，是個人見人愛的萬人迷。

至於我不但是公認的自閉怪咖，外表陰沉難以相處，還是個受人欺負卻不敢聲張的可憐蟲。

我光是這麼想，就覺得自己真的很可悲。仔細回想，我究竟是從什麼時候開始遭受別人如此的對待？具體時間我已不太記得了，不過應該跟那件事情有所關聯才對。

三年前，在我正打算走進家門時，得知自己的爸爸發生車禍，隨後到醫院度過數小時的等待，最後聽到的消息，卻是他與世長辭的惡耗。從那時候開始，我的人生就變得不大一樣。

由於媽媽在我懂事以前就已經去世了，所以在爸爸死後我便無依無靠，必須在孤兒院與寄養家庭之間做出抉擇。不過最後是由叔叔取得了我的扶養權，將我帶回他們的家開始新的生活。

話雖如此，倒也不是什麼太大的變化。

叔叔家就在我原本的家附近，不僅搬家一點都不費力，連學校也沒有必要轉學。真要說有什麼不同，大概就是叔叔他們跟爸爸不太一樣。叔叔與阿姨都是很親切的人，他們不會像爸爸那樣嚴格審視我的一舉一動，而是以十分溫和的態度對待我。

總之，雖然一切來得十分突然，倒也沒有對我的生活造成多大的影響。

喪禮結束之後，我很快又回到沒有朋友相伴，只有書本陪伴的日常生活，而這樣的日子持續到了國中。

有一天，我突然遭受欺凌。並不是什麼明目張膽的舉動，是有人在我的抽屜裡放了些嚇人的東西。由於效果相當顯著，我當場被嚇得往後摔倒，並引來全班的哄堂大笑。從那

之後，我便不時受到一些騷擾。像是突然拉開我的椅子、在桌上貼一些寫滿粗俗字句的便利貼，或是集體對我丟紙球、橡皮擦之類的行徑，甚至還有人當著我的面說我是沒有爸媽的怪咖。

那時我才知道，早在很久以前我就已經被其他同學瞧不起了。即便我單純是因為喜歡閱讀才沒有跟人來往，不過在他們眼裡我就只是個耍孤僻的傢伙，別說一起玩耍，他們壓根就不打算跟我說話。於是經年累月，那些圍繞在我身旁打轉的偏見終於以最差的形式表現出來。

男生是很愛面子的生物，為了滿足自己的優越感，會做出一些欺壓別人的舉動，這是意料之中的結果。不過我這並不是在拐個彎認為霸凌是正常現象，尤其在我自己已經成為受害者的當下，怎麼可能還會這麼想。

只是作為一名被欺凌的對象，我幾乎可以說是最理想的人。不光是孤僻自閉，還喜歡一個人待在角落，真的是個極為古怪的人，雖然我很不想承認。

更重要的是我沒有朋友，所以班上的同學並不認為欺負我有什麼不對。我面對如此惡劣的行徑，卻不打算做出任何抵抗，而是選擇默默忍受這一切。

既沒有想過要揭發他們的惡行，也沒有想過要去通報師長，叔叔和阿姨當然也不知道有這回事。難不成我是受虐狂？不，當然不是，我只是覺得就算反抗也不會對現狀造成多大的變化。

在漫畫故事裡，主角若是受到他人的欺負，就會以十分爽快的方式將那些惡徒打個落花流水，甚至還會撂下狠話，讓惡徒們再也不敢在主角面前耀武揚威。可是現實才沒有這麼容易，且不說自己到底能不能贏過別人，假若隨便抵抗，說不定會害自己落入比現在更悽慘的下場。

既然事情還沒到無法忍受的地步，那麼妥協就不算是壞事。反正頂多忍耐到畢業，到時候大家各奔前程，沒辦法像現在這樣繼續待在同一個地方。那些欺負人的幼稚行徑也會被強制中止。

所以只要忍耐就好，不論是拉椅子、在桌上貼便利貼之類的小手段，我都可以當作玩笑來看待。甚至連他們拿我父母大做文章的這件事，我也能夠一笑置之。不對，這種說法其實不太對，我並不是不打算做出任何反應，而是「沒辦法做出任何反應」才對。

當年在爸爸的喪禮上，許多長輩來到家中替他哀悼，甚至還有些人經過我身邊拍拍我的肩膀，彷彿在安慰我不要太傷心，要勇敢面對這一切。

坦白說，對於他們的關切我覺得十分欣慰，只可惜他們搞錯了。我的確是對父親的意外過世感到震撼，但其實我並沒有因此感受到太大的情緒波動。既沒有因為難過而掉下眼淚，也沒有因為怨恨而大聲怒吼，僅僅只是茫然的看著一個又一個的人到爸爸靈前上香致意，什麼感覺都沒有。

為什麼自己會變得這麼冷漠？坦白說這其中的緣由直到現在我還是無法理解，只知道自己似乎一點都不懷念爸爸這個人。那種感覺，就好像想藉故把爸爸忘了一樣。

「那麼接下來就開始上課。」

總之無論如何，雖然我的人生起了一點變化，但從結果來說，我並沒有像童話故事裡的主角們一樣成為優秀的人。我現在僅僅只是一個沒有朋友、沒有父母，還被同班同學霸凌的可悲平凡人。

※※※

「明天見！」

「來去打球吧！」

結束了一天的課程，有的人為了趕去補習班立刻衝出校門，也有人呼朋引伴討論接下來要去哪裡玩，學校頓時變得人聲鼎沸，使負責維持秩序的糾察隊與教官臉色不太好看。而我則安分的混入人群之中，不慌不忙的離開了校園。

沿著馬路旁的店家向前邁進，可以看見不少學生正在排隊。即使校方和家長都曾宣導不要隨便買外面的食物來吃，不過面對香味撲鼻的誘惑又豈是食慾旺盛的學生們能夠抵擋的了？

穿過那條商店街後，由於前方的號誌燈還是紅燈，我在一個路口的斑馬線前停下。天空依舊還是灰濛濛的一片，不過都過了這麼久還是沒有下雨，那麼應該不用擔心會被淋成落湯雞。就在想要確認還剩下幾秒時，我注意到前方有三名同學。那是我的同班同學，並且還是帶頭欺負我的那群人。

這下有點傷腦筋了。雖然大可以快步的從他們身旁經過，但總覺得還是別這麼做比較好，尤其今天又發生了一些插曲，要是讓他們發現我的身影，說不定又會對我進行霸凌。

如果只是平時的小打小鬧也就算了，不過這裡是校外，實在很難預料他們會不會做出更過份的行徑。

沒辦法了……看來只好放棄原本的路線，改走一旁的小路比較保險。事到如今就算被說是膽小我也不會介意，反正我就是這種個性。遇到麻煩能閃就閃——這就是我的信念。

只要穿過這條小路，然後再經過幾個轉角就能回到原本我要走的路上，雖然會多走幾段路，但卻能避免跟那三個人正面碰上。與剛才的馬路相比，巷子裡的小路顯得黯淡許多，很容易讓人有一種與世隔絕的錯覺。因為平時很少走這條路，周圍的景色對我來說有些新奇，不由得想要四處張望一下。

這時突然覺得腳邊有某個東西，由於我東張西望的緣故，所以才會踢到它。什麼東西？我朝自己的腳邊看去。

那是一個玩具士兵的人偶。

材質是由木頭製作的，頭上戴了頂高高的黑帽，身著紅白相間的儀隊軍服，細長的身子擺出立正的姿勢，背後還背著一把長槍，方正的臉龐留著八字鬍，嘴角下滑，表情看起來非常嚴肅。

也許製作人是想表現出軍人的威嚴吧！不過它的眼睛卻成了最大的敗筆。

為何做成鬥雞眼啊？這樣不僅毫無威嚴可言，看起來還有點搞笑。總而言之，這是一個除了眼睛以外做工還不錯的人偶。我將它撿起，反覆檢查有沒有損傷。

應該是某個小孩遺失的玩具吧！從身上的髒污看來，八成已經掉在這裡好一段時間了，不過整體看來似乎沒有受到什麼損傷，只要稍微清洗過應該就會跟新的一樣。

就在我正想著該怎麼處理它時……

「很痛耶！小子！」

它居然說話了。

02
玩具士兵

由於碰上了完全無法理解的情況，使我下意識的衝出小巷，並放棄想要回到原路的念頭，轉而跑進了一座公園。接著就像個無頭蒼蠅一樣四處亂竄，直到看見位在偏僻角落的一個長椅，我才稍微鬆了口氣。

遇上麻煩立刻選擇逃避遠離，這就是我的處事態度。當然我也很清楚這對解決問題一點幫助也沒有，尤其是問題依然被握在手上時。

「哎呀！沒想到你居然能跑這麼快，難不成剛才嚇到你了？那真是不好意思。其實我也沒有打算要嚇人啦！只是被踢到這麼一腳任誰都會忍不住大叫吧？所以關於這點我們算是扯平了。」

說真的，我實在很想無視這個莫名開朗的聲音，無奈那是從我手中傳來的，終究還是無法當作沒有這一回事，因此我再度朝向聲音的來源看去。

我手中拿著的是剛才在巷子裡撿到的人偶，模樣什麼的就不再多加描述，反正就是一個有著可笑表情的士兵人偶。

雖然不清楚現在的小孩還喜不喜歡實體玩具，但我相信這世上一定有人能夠接納這種東西。

「怎麼了？幹嘛一直盯著人家的臉看？我的臉上沾到了什麼嗎？」

至少在它開口說話之前，我是真的這麼相信。此刻看到它竟然用手摸自己的臉龐，我就再也沒辦法這麼想了。這到底是什麼鬼東西？

「你能不能把我放下?一直被抓著真的有些難受。」

「啊……不好意思。」

聽到這個請求,我想都沒想就將他放到身旁的椅子上。

等到回過神來,我才驚覺自己居然乖乖聽從陌生人的命令,看著那名人偶在椅子上做些伸展動作,心中不免升起一股莫名的挫敗感。

我幹嘛要聽他的話啊?

這時,我注意到前方不遠處有一台自動販賣機,想起剛剛全力跑了那麼長一段路頓時感到有些口渴,於是我走到了販賣機前。

也許是因為設置在偏遠地段的緣故,雖然機台上有不少知名品牌的飲料,不過上面連一個代表售完的燈號都沒有亮起,放在這種地方真的會有人買嗎?稍做考慮之後,最後我決定買一罐可樂。

「你手裡拿的是什麼?」

等到我坐回長椅上時,人偶有些好奇的問道。

「這是可樂。」

「可樂?什麼是可樂?」

「嗯……你不知道?」

「這是我第一次看到。」

真的假的？我還以為可樂是全世界都知道的玩意兒，沒想到還真的有人不知道。

不過，人偶可以算是人嗎？

「簡單來說就是一種飲料，你知道什麼是飲料嗎？」

「哼！我當然知道，就是類似香檳的液體嘛！」

知道香檳卻不知道可樂是什麼？這算是哪一國人的常識？我一邊在心裡頭吐槽，一邊拉開鋁罐上的拉環，接著便將罐口靠近嘴邊。

儘管滑入口中的液體相當冰涼可口，不過碳酸飲料果然還是很難一飲而盡，我只喝了大約四分之一便忍不住拿開。

隨著可樂從喉嚨流進肚子裡，心裡頭也隨之感到一陣暢快，混亂的腦袋也因此稍微冷卻了些。

正當我打算再喝一口時，我注意到一旁的人偶正牢牢地盯著我看。

「怎麼了？」

被這麼盯著感覺實在不太舒服，於是我開口詢問。

「沒有，只是感到好奇而已。」

因為沒有表情所以看不出來，但是他的語氣聽起來有些興奮，或許是真的不知道可樂是什麼吧！

「能不能也讓我喝一口？」

結果，他突然提出了出乎意料的請求。

「……什麼？」由於太過突然，我忍不住反問。

「我是說，可不可以也讓我嚐一口那個叫『可樂』的東西？」他又再一次表達心中的渴望。

「你想喝？」

「對呀！」

「你要怎麼喝？」

「就像你一樣，直接拿起罐子倒進嘴裡。」

明白人偶的想法後，反而讓我的腦袋短暫停滯了一會兒。隨後我冷不防的抓起用木頭做成的人偶身體，並以大拇指用力摩擦他的臉。

「好痛！好痛！好痛！」

不管再怎麼摸也摸不到生物特有的五官特徵，只能感受到木頭的光滑表面，就憑這副模樣也想喝可樂？

「要說謊好歹也打個草稿吧……」

「我是說真的啦！」

「該不會是想拿可樂來洗澡吧？」

「就說可以啦！為什麼不相信我！還有快點放開啦！很痛耶！」

在不斷掙扎的人偶高聲抗議下，我也只好將手放開。

「真不敢相信！居然對我做出這麼粗暴的行為！你難道沒學過什麼叫禮貌嗎？」

獲得釋放的人偶立刻對我大呼小叫，見他如此暴跳如雷的模樣，說實話還真的有點好笑。

「你為什麼不相信我？我說的明明都是實話！」

「就算你這麼說……但你的模樣很沒有說服力。」

無論再怎麼看，眼前這個奇妙的「生物」都只是個人偶。

就算退一百步，先不談為什麼人偶會動、會說話，光憑繪製而成的五官這點來看，實在很難相信他能夠攝食。

「這種事情不試試看又怎麼會知道！」

然而他依舊表現出強硬的態度，似乎打定主意一定要喝到可樂不可，話雖如此，我還是沒辦法相信他能夠做到。

這時候，我突然靈機一動想到一個好辦法。

「那好吧！讓你喝也是可以。」

於是我改變態度，這麼對他說。

「不過我有個條件。」

說到這邊我刻意停頓一下，然後換上比較嚴肅的表情說道：「你必須老老實實的回答完我的問題，不然就不給你喝。」

所謂趁火打劫應該就是這麼回事吧？

儘管這麼做有些陰險，不過我心中確實有很多問題想問這個神祕的人偶，所以才會出此下策。

當然我也認為事情應該不會進展順利，畢竟只用一罐可樂當作談判籌碼，再怎麼想都太廉價了。

「好啊！只要能喝到可樂，不管你想問幾個問題都可以！」

沒想到他卻十分爽快的答應，令我有些難以置信。

居然這麼輕易就同意剛才的條件？

明明只是一罐可樂？真的假的？

對於他如此大方的態度讓我有些懷疑，不過這個想法很快就被拋諸腦後，畢竟是我主動提出這項要求，既然對方都已經點頭答應了，那麼就該把握這次機會才對。

雖然不知道他在想什麼，不過還是先問他問題吧！

於是我乾咳了一下，先問一題試探性的問題：「請告訴我，你究竟是什麼人？」

「我是外星人。」

這一瞬間，我還以為自己聽錯了。

「外、外星人？」

「沒錯，我是從別的星球來的外星人。」只見他一本正經的再次強調。

「雖然順序反了，不過請容我做一次自我介紹。我是從布卡布羅星來的奧文斯人，礙於規定不能告訴你我的名字，所以你叫我小鐵就可以了。」

人偶……不，小鐵挺起了自己的胸膛，臉上的表情雖然沒變，但總覺得他現在非常得意。

相較之下我則是笑不出來。因為他的一舉一動遠遠超越我所能理解的範圍，讓人不知道該怎麼回應才好。

「既然表明了自己的身分那就好辦了，其實我之所以會離開故鄉來到地球，是為了尋找一個寶藏。」

然而小鐵絲毫沒有察覺到我的心境，自顧自的繼續說下去。

「為了找到寶藏，我潛伏在地球好長一段時間了，並且去各種地方四處搜尋，最後好不容易找到了一條關於寶藏的線索，你知道是什麼嗎？」

不知道，別說是寶藏了，我從剛才開始就完全跟不上話題。

「是藏寶圖唷！是一張寫有寶藏線索的藏寶圖唷！」

他興奮的手舞足蹈。

「只是，有一個問題……」

小鐵隨即變得消沉不已。

「按照那張寶藏圖上所說的，要想得到寶藏，就必須先通過試煉才行。如果我的解釋沒錯的話，那麼光憑我一個人是不可能得到寶藏的。」

「為什麼呢？明明你連試煉內容都還不知道。」

「不，這跟試煉沒有關係，是因為現在的我沒有足夠的力量。」

這麼說的同時，小鐵像要展示自己一樣張開雙手。

「就像你看到的，我現在是一個不起眼的人偶，當然這並不是我本來的面目，而是一種偽裝，實際上我真正的樣貌比現在還要帥上一百倍。」

「請不要自誇好嗎？」我心裡想。

「由於奧文斯人的體質無法適應地球的環境，如果硬要以原本的身體登陸，我想或許在穿過大氣層之前，我就會一命嗚呼了。為了安全著想，我才會以這副模樣來到這裡。」

「所以這是你偽裝過後的身體？」

「是的，這是我們一族獨有的能力，透過強行改變身體結構來適應各種環境，你就想像是生物的擬態或是航太科技的太空衣吧！」

會令人變成士兵人偶的太空衣，怎麼想都不會熱賣。聽到這裡，我已開始產生了頭痛的感覺。

看來事情比我想像中的還要嚴重，一個會動、會說話的人偶就已經夠離奇了，居然還說自己是從外太空來的外星人？不管怎麼想都太扯了，我該不會是在夢境中吧？

我揉揉自己的眼睛，試著說服自己眼前的小鐵只是幻覺。

「那麼，接下來要說的才是重點。」

然而小鐵的聲音再度將我拉回了現實。

重點？難道剛剛那些都還不算是重點？

「啊！我還不知道你的名字呢！能不能請你告訴我？」

這時他突然岔開話題。

「呃……我叫做溫米。溫暖的溫，米飯的米。」

「溫米！真是個好名字，請多指教。」

是這樣嗎？我從來沒有被別人稱讚過。

「那麼溫米，我要繼續說下去囉！」

就在這時，我總算意識到自己從剛才開始就一直被牽著鼻子走。

「等一下！暫停！先暫停一下！」

於是我慌慌張張的說出這句話。

打從我撿到小鐵的那一刻起，便一直沒能掌握主導權，甚至當小鐵闡述自己是外星人時，我也僅是被動的接受那些荒謬的訊息，這樣是不行的。

「不好意思，雖然你說得很起勁，但我目前還沒辦法相信你說的話。」

「為什麼啊！我說的都是實話啊！」

「或許是吧！可是即使如此……」

光是一個擁有自我意識的人偶就已經夠扯了，居然還說是從外太空來的外星人！

這已經不是要不要相信的問題，我想就算是當今的漫畫故事，也幾乎不會採用這麼老套的設定。

我甚至開始懷疑這一切是不是誰刻意安排想要耍我的。

儘管這也許只是我的被害妄想，但無法坦率相信小鐵也的確是事實。

「你也沒有證據能夠證明自己的身分不是嗎？」

所以比起繼續讓小鐵說些天花亂墜的話，還不如叫他拿出證據。

「證據？」

「沒錯，如果要說自己是外星人，最起碼也該拿出證據來，否則我是絕對不會相信你的。」

就算再怎麼喜歡閱讀，甚至再怎麼喜歡聯想故事裡的情節，我也不會是個分不清楚現實與虛幻的人。

要想說服別人，至少也要拿出實質的證明才行。

「證據……證據啊……」

只見小鐵將雙手交叉於胸前，擺出深思煩惱的姿態。

沒過多久，他便輕鬆愜意的這麼說：「我明白了，那就讓你瞧瞧我的本事。」

我則因為這句話開始覺得有些緊張。

只見他伸出一隻手，指向我手中的可樂。

「那罐可樂能不能麻煩你將它舉高一點？」

我聽從小鐵的指示，將罐子略微舉起。

「這樣嗎？」

「對，就是這樣。」他說道。

「請你將它倒轉過來。」

雖然這不是什麼刁難的請求，不過我並沒有立刻照辦。

「那個……我先確認一下，你不是很想喝可樂嗎？」

「對呀！」

「但是這麼做的話，裡面的可樂會全部灑到地上哦！」

雖然依舊不認為小鐵能夠喝可樂，只是他剛才明明還表現出強硬的態度，現在卻又說出這樣的命令，我有點被搞糊塗了。

「沒問題，我一定會把可樂給全部喝光。」

問題可大了，我從頭到尾都沒說要全部給你。

「可是……」

「哎唷！你這個人怎麼這麼愛操心？就說沒問題了嘛！」

正當我還打算說點什麼，小鐵的語氣突然變得很不耐煩。

「你不是想看證據嗎?那就不要再囉唆了，快點照做就是了。太煩人的男人是不會受女孩子歡迎的喔!」

不用你多管閒事!算了……都把話說到這種地步，再繼續糾纏下去也不會有結果。儘管有點浪費，不過我還是決定照他的意思去做。

於是將那罐可樂慢慢傾斜倒轉。

「咦?」

然而那本該出現的液體並沒有出現。

即使罐子的傾斜角度越來越大，罐口依舊沒有看到任何東西流出，彷彿從一開始就是空罐子般，什麼都沒有。

這時，我注意到一個離奇的現象──可樂的重量正在逐漸減輕。

這罐可樂剛才只喝了大約四分之一，所以拿在手中仍然很有份量，可是那份重量現在卻慢慢減輕了。

那種感覺並不是罐子瞬間變輕，而是平常在喝飲料時，手中的重量也會一點一點消失的那種感覺，簡直就是有人正在喝這罐可樂一樣。

這怎麼可能……面對這麼離奇的事件我完全陷入混亂，不明白自己手中的可樂究竟發生了什麼事，直到那股感覺終於停止，我也才真正意識到一件事。

可樂全部都不見了，而且並沒有因為地心引力而灑在地上。不論現在再怎麼大力搖動罐子，裡頭還是沒有一滴液體滴落下來。

怎麼回事？

正當我試圖找出合理的解釋時，突然有個聲響傳入了耳裡。

「嗝！」

那是經常會在喝完碳酸飲料後聽到，非常常見的一個聲響，但是那個聲音現在卻是從小鐵口中發出的。

「哦！原來可樂是這麼厲害的飲料！你們人類還真是發明了一個不得了的東西！了不起、了不起！」

小鐵一邊說一邊抖動著他的木頭身體，看起來十分快樂。而我實在無法掩飾自己心中的疑問，忍不住再次抓起他的身軀。

「怎麼回事？為什麼可樂會不見！」

「沒為什麼啊！我把它全部喝光了。雖然本來只是想喝一口而已，誰知道一喝就停不下來。」

他以一副理所當然的口氣說道，就像在說今天天氣很好一樣。

「可、可是你不是連罐子都沒碰到嗎？」

「我不是說了自己是外星人嗎？就算沒有碰到也是可以的哦！」

雖然我還想繼續逞強回嘴，不過心裡頭產生莫大的衝擊，使我一句話也說不出口。這傢伙……真的是外星人？不對！我必須冷靜一點。

的確，憑空把可樂喝光是很神奇，但那並不足以證明小鐵就是外星人，與其說那是特殊能力，倒不如說是一種魔術，我不能這麼輕易就自亂陣腳。

「對了，我從剛才就一直很想問一件事。」

就在我努力想要恢復自己的步調，小鐵忽然開口。

「那邊那些人是誰呀？」

我抬起頭，順著小鐵手指的方向看去，看見三名男生正站在不遠處。

不妙……是那群喜歡欺負我的同班同學，他們怎麼會在這裡？而且他們的視線正好在我身上，難道說剛才我和小鐵的互動都被看見了？

啊！他們朝這邊走過來了。

「是你的朋友嗎？」

「不是……」

我才沒有朋友，尤其沒有那種惡劣的朋友。

「嗯？你的臉色怎麼這麼難看？難道說你很怕他們嗎？」

「不是，只是覺得自己很倒楣而已……」

只要一和他們接觸基本上就不會遇到什麼好事，我的臉色自然也不會好到哪去。但是小鐵卻在這時說出意想不到的話。

「是哦！那要不要我把他們趕跑？」

「咦？」

我十分驚訝的看著他。

「趕跑他們？」

「對呀！你不是不想看見他們？」

「是沒錯啦……可是你究竟要怎麼做？」

「很簡單，你先讓我坐在你的大腿上。」

我傻傻的將小鐵放到大腿上。

「好，接下來交給我吧！」

「等等，好歹也說一下……」

「喂！你這傢伙幹嘛一直自言自語？噁心死了。」

話才說到一半，就被另一個蠻橫的聲音強行打斷。那三人已經走到了我的面前，一副不懷好意的表情。

「平常不是早早就回家，怎麼今天這麼有心情跑來這種地方閒晃？該不會是忘了怎麼回家了吧？要不要我們帶你回去啊？」

「搞不好他是被家人趕出來的，誰叫他長得這麼陰沉。」

「哈哈!沒錯、沒錯。」

輕浮、嘲諷的語氣此起彼落，像是難聽無趣的相聲一樣，讓人很不舒服。這三個人一直是班上最吵鬧、最白目的小團體。

除了我以外，他們也喜歡找其他同學的麻煩，就連師長也不放在眼裡，是一群令人頭痛的問題人物。

像他們這種智商不足的傢伙我才懶得理會，可惜腦袋不好的他們自然不會這麼想，他們只會把我的沉默當成一種害怕的表現。

「對了，那個長得奇形怪狀的人偶是什麼東西?你該不會是在跟它說話吧?還是說書看太多了，腦子也跟著不正常了?」

「居然對著一個人偶說話?好噁心哦!」

「哈哈!沒錯、沒錯。」

被他們看到了嗎?雖然這不算什麼虧心事，但還是不禁感到一絲屈辱。話說回來，小鐵不是說要交給他嗎?怎麼還不見他有所動作?

「不過這個醜不拉嘰的東西到底是什麼鬼?」

他們之中負責帶頭作亂的傢伙似乎想直接從我手中搶走小鐵，這個無理的行為稍微觸動到我的神經。

就在我決定要來個下馬威時……

「喂！小子！」

坐在我大腿上的小鐵突然開口說話。

「少用你的髒手碰我。」

和剛才高亢的聲調不同，小鐵現在發出了低沉的聲音，轟轟作響的聲色明顯表達出一種肅靜的怒火。如果不是剛才有和小鐵說過幾句話，恐怕連我也會誤以為那是別人發出的警告。

要說恐怖是很恐怖啦！不過我並不認為光靠這樣就能使這三人打退堂鼓，才這麼一想，我便注意到他們的表情全都變了。

原本還在嘻皮笑臉的他們一個個變得驚魂未定，甚至連身子都不停的發抖，明顯表現出一種十分畏懼的模樣。

怎麼回事？方才都還在嘲笑小鐵的這三人，為什麼現在卻像是看到了鬼一樣？

我不自覺的將視線轉向了小鐵身上。

由於他現在是面向那三人，所以從我的方向只能看到他的背影，可是……這是什麼感覺？

明明小鐵只是個長相滑稽的士兵人偶，為什麼他現在給人的感覺會這麼嚇人？他到底做了什麼？

「鬼……鬼……啊啊啊啊啊！」

「啊啊啊啊啊啊啊啊！」

「媽媽！」

正當我打算一窺小鐵現在的模樣時，那三個人便突然放聲大叫，並且拔腿狂奔，隨即就從我的面前消失得無影無蹤。

看到那些只知道欺負我的人居然如此狼狽，照理說我應該會感到十分痛快才對，只是這一切都太令人摸不著頭緒了，我完全感受不到一絲喜悅。

「看吧！我就說可以趕跑他們吧？」

這時小鐵轉頭過來看我，臉上的表情看起來還是那麼可笑。

「呃……那可真是厲害，不過你到底做了什麼？」

「也沒什麼，只是稍微讓他們看到不好的幻覺。」

「不好的幻覺？」

「是呀！我勸你還是不要知道比較好，這世上還是有些事情不知道會比較幸福。」

「是、是嗎？」

既然小鐵都這麼說了，我還是別追究好了……

「好啦！你還要再看更多證據嗎？」

「不，已經足夠了……我相信你是外星人。」

就算再怎麼死鴨子嘴硬，也無法否定小鐵所做的一切，姑且不論他的外星人身分，光是剛才那些不可思議的現象，就足夠證明他的確非比尋常。

因此，我選擇相信。

「是嗎？那麼我可以拜託你一件事嗎？」

小鐵從我的大腿上站了起來，並且轉身和我面對面。

「溫米，能不能請你助我一臂之力？」

「咦？」

「就像之前說的，光靠我自己是沒辦法通過試煉的，因為我現在這個狀態能做的事情非常有限，所以希望能你幫我這個忙。」

我現在的心情可以說是十分意外，因為從我懂事以來，第一次有人對我說這種話。

「等一下……你不是還能施展超能力嗎？」

即便剛才只是展現隔空喝可樂與幻覺，但我認為那應該只是冰山一角，他肯定還有許多強大的超能力。

可是，小鐵卻低下了頭。

「話是這麼說沒錯……但我為了能夠登陸地球，不但將自己的肉體變成這副模樣，連原本的力量也受到了極大的限制，頂多就只能施展像剛才那樣的小把戲而已。」

剛才那樣只能算是小把戲？

「況且我現在跟人偶沒什麼兩樣，全身上下都是木頭，現在要擰斷我的脖子根本是輕而易舉的事。」

像他這種材質的玩具，確實只要稍微粗暴一點就很容易弄壞，雖然我這麼想，不過也不會真的拿小鐵來做試驗。

我現在總算明白小鐵的意思了。接下來該怎麼做才好？幫他，還是不幫他。

我的心像是一座天秤搖擺不定，一方面還是認為這一切都太扯了，可是另一方面，卻也隱約感到一絲興奮的情緒。

如果小鐵說的都是真的，那麼我現在豈不是在經歷一場前所未有的體驗嗎？一直以來我都是透過書籍體會那些故事情節，但現在我卻有機會成為一名真正的主角，試問這怎麼可能不令人興奮？

怎麼辦？究竟該如何是好？

正當我陷入兩難的抉擇時，沒想到小鐵卻對我做出了九十度的彎腰動作。他在向我求情，向我這個一無是處的人求情。

「拜託請你助我一臂之力！我無論如何都一定要找到寶藏！」

他低聲下氣到這種地步，令我感到十分愕然。

為什麼要做到這種地步？就算承受極大的風險也要來到地球，並且還對素昧平生的我說明自己的一切，甚至低聲下氣的拜託別人，究竟是什麼原因讓他可以如此執著？

那個寶藏到底是什麼？小鐵又為何這麼想要得到寶藏？

糟糕……我的好奇心停不下來。

好想知道，好想知道這一切的答案。

「我知道了。」

於是，天秤向一邊落下了。

「我決定幫助你。」

我與他的冒險，就此展開。

03 藏寶圖

雖然答應了小鐵要幫他找到寶藏，但也無法立即啟程，至少也要先做一些準備才行，比如說我身上的制服要換成比較方便行動的衣物……之類的。於是我提議先回家一趟。而小鐵也不反對我這麼做，他似乎本來就這麼打算，畢竟他還有一些事情必須先跟我說明清楚。

明明個子小小的、外表也長得非常滑稽，做起事來卻很有原則，也許我在不知不覺中誤會了小鐵的個性也說不定。總而言之，達成共識的我們離開了公園，再度走上了回家的路途。由於剛才耗費了不少的時間，所以當我們走到住家附近時，天色早就已經全黑了。

「是溫米嗎？怎麼這麼晚才回來？」

才剛走進大門將門關上後，阿姨的聲音便從裡頭傳出，看來她似乎一直在等我回來。

「對不起，今天去了別的地方。」

總不能跟阿姨說實話。一來她應該不會相信，二來我也不知道該怎麼跟她解釋，所以我選擇輕描淡寫，沒有說太多。

「是嗎？快去洗手吃飯吧！」

幸好阿姨並沒有特別追問，所以我不需要煩惱這個問題。我稍微瞄了一眼客廳，並沒有在沙發上看到熟悉的身影，看來叔叔應該還在加班，這陣子他總是非常忙碌。

我將肩上的書包重新背好，然後直接往樓梯走去。儘管也不是做什麼虧心事，可是心裡頭還是覺得自己像是偷偷帶了難以啟齒的違禁品回家一樣，讓我有些七上八下。何況書包裡頭的，是遠比違禁品還更加難以啟齒的「物品」。

我走到位在二樓的房間。以一個國中生而言，我的房間應該還算整潔，雖說也不至於乾淨到連一粒灰塵都沒有，不過至少房間內的物品收藏的還算整齊。除了當學生必備的教科書與講義外，也有漫畫、小說或遊戲主機之類的娛樂用品擺在一旁，當然還有衣物、個人用具等，都被整齊的收在櫃子內或架子上。

我將書包放到書桌上，並且打開它。

「哈！差點沒把我給悶死！」

藏在裡頭的小鐵隨即像是重獲新生般發出感嘆，儘管我沒嘗試過，但待在裡頭肯定不太好受。這也沒辦法，畢竟我沒有勇氣直接用手拿著會說話的人偶走在街上，而且小鐵看起來像是給低年齡層玩的玩具，萬一被別人看到搞不好會以為我是長不大的小孩，因此才會用這種方式偷渡回家。縱然把小鐵塞進狹窄的書包內有點不好意思，不過在沒有其他東西可以替代的情況下，也只能請他委屈一點。

小鐵喘口氣後，便開始到處張望房間四周。

「嗯……這就是你的房間？比想像中的還要乾淨呢！我還以為像你這種年紀的孩子，房間多半會比較髒亂，還真看不出來你還挺懂事的嘛！」

真沒禮貌，不過算了！看在小鐵好歹也算是在稱讚我的份上，就不跟他計較了。

「那麼，你的色情玩意兒都藏在哪裡？」

收回前言，這傢伙真是失禮到了極點。

「請不要胡說八道，我才沒有那種東西。」

「是這樣嗎？不過像你這種年紀的男孩子，應該都會對那方面特別感興趣吧？難道說我的情報出錯了嗎？」

別隨便誤解現在的男孩子好嗎？雖然從結論來說並沒有錯……

「別鬧了，你給我乖乖待在這裡，我要先去樓下一趟。」

「樓下？要做什麼？」

「阿姨剛剛叫我去吃飯，所以……」

「吃飯！」

話還沒說完，小鐵便整個人跳了起來。

「哎呀！剛好我的肚子也餓了，不知道你阿姨的廚藝如何？我好期待！」

「喂！又沒人說要請你吃飯。」

「咦？可是一般到別人家裡作客，主人請客人吃飯不是很正常嗎？」

「你這個不請自來的傢伙也太厚臉皮了吧？」

再怎麼搞不清楚狀況也要有個限度，光想到要向阿姨解釋就足以令我舉雙手投降，要是讓她見到小鐵吃東西的模樣，肯定會害她當場暈倒。

「總之我要下去吃飯，這段期間你給我乖乖待在房間內不准亂來。」

「小氣！讓人家吃一口又不會死！」

小鐵大聲的表現出自己的不滿，不過基於保護家人的立場我也無法退讓。

「不行就是不行，要是讓你出現在餐桌上那還得了。」

「我又沒說要下去吃，只要你把飯菜拿回房間不就好了？」

「為什麼你可以這麼厚臉皮？」

真是令人嘆為觀止。

被他這麼一說，我也頓時變得有氣無力，只能疲憊的說：「唉……好啦！晚點我會把一些飯菜拿回來，你給我乖乖待著。」

「沒問題！我一定會像忠犬一樣靜靜等候你的歸來！」

與其說是忠犬，不如說是很會死纏爛打的小型犬才對，我無可奈何的這麼想著。

※※※

「好好吃！」

晚餐過後，我將吃剩的餐點偷偷帶回房間，小鐵看到之後便高高興興的吃了起來。因為今天沒什麼食慾，所以剩下來的量並不算少，原以為這對小鐵而言會有點多，不過看著盤子裡的料理迅速的消失，我開始認為根本沒必要操這個心，照他這種吃法再來幾份都不成問題。真要說有哪裡怪怪的，大概就是食物不斷憑空消失這一點。就算已經知道是小鐵吃掉的，實際看到心裡頭還是會覺得怪怪的。

他到底是用什麼方法把食物吃光的？

「謝謝，我吃飽了！」

就在我胡亂猜測之際，小鐵將我拿上來的食物全都吃光了。看到他很舒服的躺在書桌上，讓我覺得自己像是養了一隻很會吃的寵物。沒過多久，他又從桌上緩緩坐起來。看來是要開始跟我談正事了。

「你們家的電視放在哪兒？」

「開、開玩笑的啦！哈哈哈！」

見到我作勢要把他扔出窗外的舉動，小鐵慌忙的補上一句。

「真是的，你到底要不要我幫忙？」

身為一名外星人，你也太融入地球的文化了吧？

「好啦！我知道了。」

這時小鐵伸出雙手，然後砰的一聲，宛如變戲法般憑空變出一張紙，並且將它攤開在桌上。

「這就是我說的藏寶圖。」

那是一張看起來有些老舊的藏寶圖，紙張都已泛黃，紙角也有許多磨損的痕跡，似乎年代非常久遠了。只是當我把視線移到畫在上面的圖形後，便忍不住眉頭深鎖。在那上面的是一條一條清楚的街道路線，並且還能看到密密麻麻的醫院、警察局等重要地標，甚至連角落都畫上了比例尺。怎麼說呢！感覺除了外觀看起來像藏寶圖，其餘的部份怎麼看都只是張普通的地圖而已。況且這張藏寶圖……

「這是這座城鎮的地圖？」

「一點也沒錯。」

這下我的興致有點被破壞了。

「你是不是認為這種東西怎麼可能跟寶藏有關？」

小鐵像是看透了我的心。

「放心，接下來的事情才是重點。」

語畢，小鐵以左手掌大力拍打藏寶圖。

結果藏寶圖像是回應了小鐵的動作，開始不斷地抖動。等到它終於平息下來，原本還只是普通地圖的紙張，上面居然慢慢浮現出一個個的黑色圖形，令人看得目瞪口呆。看來這張藏寶圖是內藏乾坤。我一方面感到驚訝，另一方面也對那些黑色圖形感到好奇。

「這是什麼？」

那一個個的圖形有稜有角，看起來像是某種文字，不過我從沒看過那種字體。

「這是一種名叫科麥瑞文的星系語言，是科麥瑞人所使用的母語。」

科麥瑞文？星系語言？小鐵忽然說出了兩個非常陌生的名詞，使我有些跟不上他的話語。

「呃……簡單來說，就是外星人使用的文字吧？」

「沒錯。」

原來如此，是外星文字啊！如果不是小鐵告訴我，我說不定會以為這些以幾何圖形組成的圖案只是單純的鬼畫符而已，感覺還是我們地球的古埃及文比較有美感。

「那麼，這幾行字是什麼意思？」

理解到它們是外星文字的我立刻放棄解讀，選擇直接詢問小鐵。

「這個嘛……我認為還是你親自看一遍會比較好。」

小鐵沒有直接回答而是朝我伸出一隻手，並說：「不好意思，請你握住我的手。」

雖然不清楚他想做什麼，我還是乖乖照辦。沒想到才剛握住小鐵的手便立刻感到有些頭暈目眩，雖然很快的那個感覺就消退了，但我還是感到有些驚訝。

「剛才那是……？」

「沒什麼，現在你再看一次那些字。」

小鐵淡然的催促，於是我照著他的命令再次看向桌上的藏寶圖，結果發生了意想不到的事情，上面的文字改變了。方才還是如同鬼畫符般無法理解的外星文字，竟然全都變成了我所熟悉的國字。也太奇妙了吧？

「這是一種改變認知的能力。」

小鐵滔滔不絕的說著：「奧文斯人是理解力極強的種族，即便是面對未知的事物，也能在短時間內運用腦波將它們轉化到足以理解的程度。例如：看見從沒看過的文字，奧文斯人會在解讀文字的同時轉換對它們的認知。」

完全聽不懂……

「簡單來說，就像是在看英文課本時，雖然口中唸的是英文、眼睛看的也是英文，但是腦中還是會自動把眼前的單字轉化成中文。我們奧文斯人就是可以把這種概念以非常具體的形式呈現在感官裡。」

「這麼說理解了嗎？」他問道。

雖然稱不上是完全明瞭，但是我漸漸掌握到小鐵想表達什麼，反正就是類似認知上的轉換吧！

「就像現在看到的，雖然這些本質上還是外星文字，只是你的大腦將它們轉換成你所熟悉的語言，以便能夠解讀其意。」

「原來如此，話說回來，這應該是你們特有的能力吧？為什麼我也可以做到？」總不可能說這是我自身的潛力吧？假如真是如此的話，那我的英文成績應該更高一點才對。

「因為我正和你聯繫在一起。」他用另一隻手拍拍和我握在一起的手。

「透過握手這一行徑當作連結，我利用超能力將你的感知暫時與我同步，因此只要彼此的連結沒有斷開，你就得以和我們奧文斯人一樣擁有超凡的理解力。」

以遊戲來說，就是類似提昇能力的咒術嗎？這可真是了不起。這下我終於明白為什麼那些鬼畫符會在一瞬間變成國字，同時也知道為什麼身為外星人的小鐵能夠跟我暢行無阻的進行溝通，原來是他擁有這項能力。理解其原理之後，我又再次看向了那些文字。上面是這麼寫的：**「探尋無上珍寶的勞碌之人，沉溺現世的虛幻僅是徒然，唯有回應命運之扉的呼喚，方可追尋榮耀試煉的足跡。」**

「這是……謎語？」要說看得懂自然是看得懂，不過我還是忍不住問一聲。

不過小鐵搖搖頭表示：「我想就是字面上的意思。」

是嗎？既然這樣的話，那只要照這些字的意思去思考就好了。

「也就是說，必須先找到命運之扉，還要通過榮耀試煉，才能夠得到無上珍寶？」

「沒錯，換言之現在要做的第一件事情就是先找到命運之扉。」

的確如此，如果這上面寫的都是真的，那當務之急的確是先想辦法找到命運之扉。只不過在那之前，我心中還有一個疑問。

「那個所謂的命運之扉，真的在這座城鎮的某個地方嗎？」

「是的，這點我可以肯定。」

「為什麼你能夠如此斷言？難道說有什麼證據嗎？」

「當然有。」小鐵充滿自信的說道。

只見他放開了我的手，並指著桌上的藏寶圖。

「還記得第三段吧？『唯有回應命運之扉的呼喚』。」

此刻那些文字已經變回原來的鬼畫符，不過我依然記得全文是什麼，所以我點點頭。

「那是我在不久前才注意到的一件事。這張藏寶圖偶爾會發出輕微的晃動，就像是感應到什麼似的。」

有這種事？這張藏寶圖也太神奇了吧？搞不好它其實是用紙張做成的平板電腦。

「所以我想那會不會就是在顯示命運之扉的位置，雖然沒有任何根據，不過只要跟著那個感應去找，我們說不定就能找到想要的答案。」

原來如此，雖說還沒確定，不過這個可能性的確不低。反正現在也想不到其他方法，不如就先照著小鐵所說的去做，真的不行再想別的辦法就好。

因此我信誓旦旦的對小鐵說：「就這麼做吧！」

「謝謝！我一定不會忘記這份恩情。」

「別以身相許就好。」

「哈哈！」

別笑，我是說真的。

※※※

時間來到深夜，我將昏睡過去的小鐵搖醒後便悄悄離開家裡。雖然我也曾經熬過夜，但是這可是我第一次在深夜偷溜出去。為了不吵醒早已熟睡的叔叔與阿姨，我盡可能的放慢身體的動作，避免在走廊上發出不必要的聲音。無奈實在是太過安靜，即使再怎麼小心，依舊還是覺得自己的腳步聲非常大聲，所以光是從二樓走到一樓就令我心臟狂跳。幸好最後還是順利的走出家門，真是可怕。

「那麼，該從哪兒開始找起？」

洗完澡以後我便換上T恤與七分褲，並穿上一雙球鞋，好讓自己可以方便行動。原本還打算準備一個背包放置一些用品，以備不時之需，可是小鐵否決掉這個提議。因此除了錢包以外，我幾乎什麼都沒帶就出門了。

「不好意思，因為我無法確認大概的範圍，所以我想還是從最遠的地方進行地毯式的搜索吧！」

從最遠的地方找起啊……這樣的話走路估計不太實際，所以我將停在車庫裡的淑女車牽了出來，那是阿姨平時到附近買東西時的交通工具。我將小鐵放進了前方的菜籃，並看向他手中抓著的寶藏圖，既然要從最遠的地方開始，那麼就先去不熟悉的區域好了。

「這邊怎麼樣？」我指著地圖的左側，也就是小鎮的西邊。

「沒問題。」

於是我們朝向西邊前進。大致來說，我打算以順時針——也就是西、北、東、南的順序進行搜尋。我家是在南邊，至於我就讀的學校則位在東邊，因此先從不太熟悉的西邊及北邊開始著手進行。雖說地毯式搜索若沒有投入大量的人力效率就會很低，不過這座城鎮

的面積也沒有說多大，所以我想只要耐住性子，應該也不會花太多的時間才對，我原本是這麼想的。

「找不到啊……」

兩個小時過去，別說手上的寶藏圖有無反應，我們甚至還有些迷路了。坦白說，身為本地人居然還會迷路，這要是說出去肯定會笑掉別人的大牙，所以我要在此特別澄清，之所以會迷路並不是我這個本地人的錯。

「怪了，難道不是這個方向嗎？」

純粹是因為負責導航的小鐵胡亂指揮的緣故。為了安全考量，我幾乎把所有的精力放在路況上，所以負責比對地圖的工作自然落到了小鐵的手上。這原本是很不錯的分工合作計畫，但是我卻沒有及時察覺到一件事。小鐵居然是個路痴……

小鐵嚴重缺乏方向感，只要轉幾個彎就完全錯亂，甚至還會把地名與街道名稱搞混，實在是太離譜了。而且最可怕的是，他似乎對此毫無自覺。

這傢伙究竟是怎麼來到地球的？總之現在這種情況，如果繼續把導航的工作交給一個從剛才開始就不停旋轉藏寶圖來確認位置的路痴，我們大概一輩子都別想找到命運之扉，這可不行。

「地圖給我一下。」因此我提出這個要求。

「不要。」

可是小鐵並沒有乖乖照做，口氣還變得有些固執。

這讓我想起以前和叔叔、阿姨出去玩時，假如碰上了迷路，叔叔就會開始說些逞強的話，難道說小鐵也跟叔叔一樣死要面子？不過這樣下去也不是辦法。雖說這附近我幾乎沒來過，但好歹我也算是本地人，由我來掌握現況絕對是正確的。

「快點把地圖給我。」

「才不要！」

小鐵依舊固執己見，令我有些上火。

「快拿來啦！你明明就看不懂還在那邊裝懂！」

「才沒有這回事！我快找到現在的位置了啦！再給我一點時間！」

「是要多久啊！」

「大概一個小時！」

「最好是要這麼久啦！少在那邊硬撐！」

「明明就可以啊！」

我們就這樣莫名其妙的吵了起來，彼此都互不相讓，你一言我一語的進行一場幼稚的對罵，不過這個時候的我並沒有意識到這一點，只是一心想要早點從這個路痴手中把藏寶圖搶來。

「什麼人在那邊！」

正當我們越吵越激烈時，忽然從旁潑來一桶冷水將我心頭上的一團火給熄滅。現在在我們後方的不遠處，正有人拿著手電筒朝這個方向照射過來。由於逆光看不太清楚，不過我隱約看到那個人身上穿著警察制服，大概是在巡邏途中聽見我們爭執的聲音——想到這裡，我才驚覺大事不妙。於是我立刻狂踩踏板，逃離現場。

「啊！站住！」

而那位警官則慢了一拍才反應過來。

要我站住？這不等於叫我送死？別開玩笑了。身為一名國中生，大半夜的還在外頭遊蕩已經夠惹人懷疑，要是被他們發現我竟然對著人偶大聲咆哮，絕對會被當成腦袋有問題的人，這麼不名譽的名聲我才不想要呢！

一個會對人偶自言自語的可憐人，光是想想就令我作嘔。所以我拼命踩動踏板，使淑女車不斷地穿梭在巷弄之間，到最後甚至完全搞不清楚方向，只知道一昧的向前猛衝。

「哈……哈……逃到這裡應該就可以了吧？」

等到身上的力氣終於用盡，我才把淑女車給停了下來。

應該甩開他了吧？過於激烈的運動使我的身體感到相當疼痛，我一邊調整雜亂的呼吸，一邊跌坐在一棟大樓的牆角下。這時我注意到周遭的街景有點眼熟，隨後便想到這裡是國中附近的街道，看來我們在不知不覺中來到了小鎮的東邊。

「溫米。」

這時，從剛才就一直保持沉默的小鐵開口說話。本來打算藉機跟他抱怨個幾句，不過當看到他手上的藏寶圖以後，那些抱怨的話馬上被我硬生生的吞了回去。

那張藏寶圖正在微微的顫抖。

「這是……」

「對，我說的感應就是這個。」

見到小鐵如此興奮的神情，原本疲累的身體也頓時感到了一絲雀躍。於是我拖著身體再度騎上了淑女車，哪怕現在還沒完全恢復也無所謂。

我們又再度展開了地毯式的搜索。

這次的搜索和剛才完全不一樣，現在的我們有了一個目標，只要跟隨著藏寶圖的反應一點一點縮小範圍就可以了。

於是很快地我們便找到了那個地點，那是一個令人跌破眼鏡的地方——公園。

我忍不住看著公園大門的招牌發愣。

「喂！小鐵！」想當然，我的口氣自然好不到哪去。

「你能不能解釋一下這是什麼情況？」

「哎唷！這怎麼能怪我，那個時候我忙著跟你解釋，根本沒有時間把藏寶圖拿出來看。」

「少跟我打哈哈！你這個兩光人偶。」

真受不了，要是他早點發現的話我們剛才就不用那麼辛苦，而且還害我被警察追……

總之，我們又再度走進只闊別了幾個小時的公園。

和傍晚那時不同，因為缺乏路燈，黑漆漆的公園在樹林的遮蔽下顯得有些陰森。再加上我曾聽說這個時間總是會有一些不太善良的人出現，希望不會在這時候遇到他們才好。

幸好純粹只是我在杞人憂天。我們順利拿著藏寶圖在公園裡搜尋，最後終於找到了它所指示的地點——兒童遊憩場。

「呃……確定是這裡？」

「不會錯的，藏寶圖在這兒的反應是最強的。」

是這樣說沒錯……不過總覺得哪裡怪怪的。

「好吧！那麼接下來該怎麼做？」

這裡都是些給小朋友玩的遊樂設施，有鞦韆、溜滑梯、搖搖樂等各式各樣的設施，難道命運之扉就在它們之中嗎？

「咦？」

就在這時，原本小鐵手中的藏寶圖突然脫離了他的掌握，直直朝向大象溜滑梯飛了過去，然後就直接貼在溜滑梯的側邊。下一秒，溜滑梯下方的空隙處出現了一個光點，並且慢慢地變大，直到最後將整個縫隙給塞滿，形成一個純白無瑕的詭異光源。

「原來如此，還真是煞費苦心。」站在菜籃上的小鐵喃喃自語。

而我則對眼前的景象感到十分驚奇。

「那就是……命運之扉？」

「是呀！這是一種空間法術，是一種極為高深的超能力。」

「空間法術？」

「沒錯，詳細的原理我就不多做說明，只要把它當成是任意門就行了，你應該有看過哆啦A夢吧？」

為什麼你會知道那部經典名作？難道說那是全宇宙公認的超級漫畫嗎？

「別管那些複雜的理論了，你應該知道接下來該怎麼做吧？」小鐵問道。

「哼！都已經找到命運之扉了，我怎麼能夠退縮？」

雖然被眼前的景象給嚇到，不過我依然從淑女車上走了下來。事到如今，要我放棄是不可能的。眼前這道白光究竟會通往哪裡？

「走吧！」

去了就知道。

04 意氣之爭

起初只覺得白茫茫一片，什麼都看不到，下一秒立刻有一股劇烈的違和感襲捲全身，不由得令我閉上眼睛。那是有別於物理傷害的一種感覺，彷彿從心底迸出一股巨大的作用力，企圖將我的意識從肉體內拉扯出去，因而感到莫名的恐懼。我很想放聲大叫，但又怕這麼做會有副作用，於是只能咬緊牙根，希望這突如其來的騷動能夠早點平息。

所幸這場劇變並沒有持續太久，我也因此鬆了一口氣。如果再久一點，也許我的靈魂說不定會就此灰飛煙滅。

隨著那股感覺慢慢消退，我不由自主的拍拍身體確認是否完好如初，一邊慢慢睜開眼睛。

此時出現在眼前的景色卻為我帶來另一段驚奇——森林。

原本白茫茫的空間變成了一大片綠油油的森林，高聳的大樹矗立在眼前，漫天盛開的綠葉正彰顯出旺盛的生命力。地上長滿了各式各樣的花草植物，即使不刻意去深呼吸，也能聞到芬多精特有的清新氣息。

真是壯觀的自然奇景，只是比起擁抱大自然，現在的我更在意一件事。

這裡是哪裡？

好不容易在公園裡頭找到了命運之扉，結果才沒過多久，又來到了一個陌生的環境，轉眼間就從公園來到了森林，這到底是怎麼辦到的？難道真如小鐵所說的，命運之扉其實是一扇任意門？

而且話又說回來，這個地方以宇宙的座標來看到底是哪裡？我應該還在地球的某個角落吧？還是說其實是身在某個星球上的森林裡頭呢？

應該不會吧……假如真的有這麼便利，那還要太空船做什麼？

「真不愧是科麥瑞人，居然能做到這種地步。」

就在我胡思亂想之際，一旁的小鐵以佩服的語氣讚嘆著。只見他用手上下撫摸樹皮，接著又蹲下來拔起幾根小草，嘴裡還不斷地唸著：「了不起！了不起！」

「這裡到底是哪兒？」見到他如此奇怪的舉動，我忍不住開口。

「這裡是存在於地球上的一個獨立次元。」

「獨立次元？」

那是什麼？

「簡單來說是一種由人工製造出來的三次元空間，撇開那些複雜的理論不談，大致上來說就像是旅館房間。如果說地球是一棟旅館，那麼獨立次元就是旅館裡頭的其中一個房間。」

旅館與房間？真不知道這麼形容是對還是不對，不過多虧了小鐵的解釋，多少也令我有了初步的概念。

看來這裡應該還在地球上。

「獨立次元有兩個特點。其一，這個空間並不是現實世界的延伸區塊，並不會對現實世界產生任何影響；其二，你現在所看到的一切都是假的。」

咦？這段話出乎我的預料之外。

「假的？你的意思是說這些花草樹木全都是假的？」

「沒錯。」

小鐵繼續說：「科麥瑞人有一種獨特的習俗，他們會四處流浪尋找喜歡的場所，然後在那個地方挖掘屬於自己的獨立次元。由於是憑一己之力建造而成的城池，身為主人的他們自然對獨立次元有著絕對的主導權，因此可以按照自己的意思將空間變成任何模樣。」

也就是說，這片碩大的森林並非天然生長而成的，而是假借他人之手所做出來的裝飾品？這也太扯了吧？何況根本就分辨不出來是真是假。

「可是為何要大費周章跑到別的星球弄什麼獨立次元？這麼做應該很耗費精力吧？」

「這個問題問的很好。科麥瑞人當然有自己的母星，只是生性喜歡保有祕密的他們，認為在異鄉建立一個只有自己才知道的私人場合，是一件非常有成就感的事。尤其是從未被人發現的世外桃源，對他們而言更是一座寶山。」

總感覺這種價值觀帶了些微妙的真實性，看來就算是外太空也免不了資本主義。

「像這種具有高度隱密性的地方還有很多用途喔！可以當作臨時居所、避難用的防空洞、休閒渡假時的旅遊景點等。」

這時，原本保持高昂興致的小鐵突然壓低聲音說：「甚至，可以當作倉庫使用。」

聽他這麼一說，這才令我想起我們的目標——寶藏。

「難道說這裡真的有寶藏？」

我也忍不住興奮了起來。

「的確有這個可能性，而且機率很高。」

小鐵轉過頭去看整座森林。

「從規模來看，可以推測這個空間非常寬敞，具體有多大我也不曉得，但至少可以肯定這絕對不是一朝一夕就能完成的大小。」

有道理，這些樹都十分高大，必須要有足夠的空間才能支撐。

「既然捨得花這麼多心思打造這麼龐大的空間，要不是對大自然懷抱著特殊的情感，就是別有用心。」

小鐵轉過來看著我說：「你認為呢？」

我試著將這番推論反覆思索。

大致上，我也認同小鐵的想法。如果只是單純想要一個私人領地，實在不需要如此龐大的規模。儘管不清楚是基於什麼理由創造出這片森林，不過我也覺得這個地方藏有一些祕密。

「想不到你居然能提出如此中肯的看法。」

「哼！可別小看我這個經過千錘百鍊的鼻子，哪兒不對勁，我一聞就會知道！」

尤其是對食物特別敏銳。

「那麼接下來要怎麼做？」我問道。

「這個嘛……既然我們已經走進了『命運之扉』，接著應該就是要想辦法找到『榮耀試煉』才對。」

依照那四行文字的描述，這麼想的確合情合理。

「不過該從哪裡開始找起？這個地方可不是一般的大……」

如果漫無目的的尋找，肯定要花上好幾天的時間，而且我們手邊僅有的線索——藏寶圖，也在剛才開啟命運之扉的時候用掉了，現在我們已經沒有其他東西可以依循了。

「嗯……總之就先按照那塊牌子所指示的進入森林裡頭吧！」

也只能這樣了……等一下。

「你剛剛說什麼牌子？」

「嗯？那塊牌子啊？你沒注意到嗎？就在那邊而已。」

小鐵說完，便伸手指向了我的右方。順著他指著的方向走過去，我看到一棵大樹底下立著一塊牌子。

那是塊用木頭做成的牌子，因為上面的圖示實在很噁心，我忍不住踹了它一腳。

※※※

儘管上頭的文字讓我有些火大，不過失去藏寶圖的我們，也只能仰賴立牌的提示，於是我們遵循木牌的指示走進了森林裡。

綠意盎然的大樹群幾乎遮蓋了整片天空，依稀可見幾道陽光穿過隙縫傾瀉而下，恩惠著這片平和安詳的大地。那高聳挺拔的樹木看起來是如此雄偉，而生長在地上頑強的花草們，也正在努力的伸展自己。每每經過它們身邊，清脆的腳步聲聽起來總是那麼悅耳。

所謂的踏青就是這麼回事吧！

坦白說，我還是不太相信這一切都是假的。不論是看到、聽到、接觸到的，幾乎都跟真正的森林毫無分別。但是，還是有些地方不太一樣。

「好安靜……」

整座森林異常的安靜，完全聽不見任何蟲鳴鳥叫，相形之下，腳下那細微的腳步聲反而變得相當明顯，看來這座森林連一位「居民」也沒有。

「這是當然的，科麥瑞人充其量只是把這裡裝潢一下而已，再怎麼說也不可能連生命能量都創造出來。」聽見我的喃喃自語，小鐵如此表示。

說的也是，要是連生命都能任意操縱的話，那麼科麥瑞人或許就不是外星人，而是能夠操控萬物的神了。

「話說回來，朝這個方向真的沒問題嗎？」

走進森林裡頭應該是對的，不過該朝哪個方位，牌子上並沒有說明。

「沒有問題！我的鼻子可是非常靈敏的！這前方一定有東西！」

你這個路痴為什麼可以這麼有自信？算了，反正現在毫無頭緒，暫時聽小鐵的話也無妨。順帶一提，小鐵正坐在我的肩膀上。雖然這是他主動提出的要求，不過我也不放心他一個人到處亂跑，萬一不小心走失就不太好了。

「說是有東西……難不成就是榮耀試煉？」

「沒錯！我想應該會有人正等著我們過去。」

「有人？」我問道。

「對呀！那塊牌子怎麼看都不像是和森林一同被創造出來的，應該是什麼人故意放在那兒的才對。」

確實，木牌和花草樹木不一樣，是要經過二次加工才能製造出的物體。

「這麼說來，將那塊牌子放置在那裡的人難不成是科麥瑞人？」

「八成是吧！而且那塊木牌簡直就像在主動告訴別人這裡還有其他人存在。如此明目張膽，除了科麥瑞人我也想不到會是誰了。」

且不說那塊牌子上面的內容有多噁心，刻意放在那種地方確實讓人有些在意。

「不過，科麥瑞人啊……」

我心中不免掀起一絲想像。

「怎麼了嗎？」

「沒什麼，我只是在想他究竟是個什麼樣的人。」

不僅耗費大量的時間與精力做出如此廣闊的空間，甚至刻意暴露自己的蹤跡。

「嗯……我也沒有真正見過科麥瑞人，只有在其他地方聽過他們的傳聞而已。」

小鐵做出像在思考的動作。

「聽說他們不僅擁有比別人還要多的四肢，就連大腦也異常的發達。要形容的話……嗯……大概就像是你們地球上個世代的科幻電影裡，經常會出現的那種ＥＴ。」

「這個形容也太具體了吧？你不是沒有看過他們的長相嗎？還有你怎麼會這麼瞭解地球上的電影文化？你真的是外星人嗎？

「這也只不過是傳聞啦！畢竟幾乎沒有人見過他們的真面目，大多數的人都只知道他們偽裝過的模樣。」

「就像你現在這樣？」

「我也不知道，說不定他們是變成人類或其他物種的模樣。」

原來如此，我還以為又會看到另一個玩具人偶。

「嗯？」

就在這時，我聽到了一個聲音，使我不由得停下了腳步。

坐在肩膀上的小鐵大感疑惑，直問：「怎麼了？」

「你有沒有聽見什麼奇怪的聲音？」

「奇怪的聲音？沒有啊！」

「是我的錯覺嗎？」

正當我打算再度前進時，那個聲音又出現了，而且變得越來越近。

「上面！」

我四處張望想要找出聲音的源頭時，小鐵突然指著上方，使我也跟著抬頭仰望。

「呀——呼呼呼呼呼呼呼！」

一團黑影，以超快的速度墜落下來。我頓時感到極為不妙，立刻向後逃竄。

「轟——」

剎那間，強大的撞擊力道揚起了大量的塵土，周遭的視野因此受到了遮蔽。值得慶幸的是這座森林並沒有其他生物，否則肯定會引起軒然大波。

我一邊防止鼻子與嘴巴吸進塵土，一邊看向事故現場。

「搞什麼鬼！虧我還想說好不容易有人大駕光臨，沒想到居然來了個乳臭未乾的臭小鬼！」

沒多久，一個身影走了出來。

「早知道就不要做這麼華麗的演出了！真是浪費！」

那是一隻造型十分前衛的奇妙生物，頭上頂著金光閃閃的爆炸頭，充滿野性的臉上戴著一副俗氣的太陽眼鏡，上半身只穿了一件牛仔背心，並且戴上黑色皮手套，留給人非常凶悍的印象。

奇怪的是他下半身居然沒穿褲子——不，不對，那樣似乎還比較正常。不穿褲子才是對的，因為那傢伙是……一隻猴子！

全身長滿棕色的毛、尖細的嘴型、結實的長手臂，以及一條細長的尾巴，這些特徵再再顯示他是一隻猴子。可是這奇特的造型是怎麼回事？

「哪有你這麼奇怪的猴子……」

「你說什麼！」

明明只是小聲的碎唸卻還是被他聽見，看來他確實是一隻猴子，耳朵非常靈敏。

「本大爺是全宇宙最強、最厲害的史皮迪！才不是什麼猴子！」

不，你這個樣子一點說服力也沒有……

這個自稱猴子……不對！自稱史皮迪的猴子顯得十分激動，感覺就只是個頭腦簡單的傢伙，難道他就是我們要找的人？

「哼！算了，待會兒就讓你見識我的厲害之處！」

話鋒一轉，史皮迪擺出不屑的態度。

「總之，你們就是這次的挑戰者吧！」

他以不大友善的眼光上下打量我們，接著將視線定在小鐵身上。

「那邊的小不點，你應該是奧文斯人吧？」

一下就被揭穿身分的小鐵嚇了一跳。

「你怎麼知道?」

「沒什麼，只是直覺。」

光憑直覺就猜到了?越來越覺得他是一隻猴子了。

「原來如此，難怪你們可以找到這裡。」

這個說法令我有些不悅，不過我並沒有追問，而是選擇轉移話題。

「我問你，你到底是什麼人?」

「問得好!本大爺是這裡的寶藏守護者之一，史皮迪大爺!」

只見他得意的挺起胸膛。

「守護者?」

「沒錯!為了守護我族珍貴的寶物，於是派遣我這種菁英中的菁英，前來駐守此地!很了不起吧!」

怎麼覺得這傢伙只是單純的被騙了，算了，還是別追究比較好。

「你剛剛說『之一』?意思就是這裡還有其他人?」小鐵發問。

「一點也沒錯!包含我在內，目前一共有三個人駐守於此!不過你大可不必擔心!因為我很快就會讓你們敗下陣來!」

該說他有自信，還是該說他頭腦簡單呢?

「既然能夠來到這裡，就表示你們已經看過了那張藏寶圖!你們應該很清楚，必須先通過守護者的試煉才能得到寶藏！」

史皮迪口沫橫飛的說著。

「可是呢！你們是絕對不會有機會的！知道我為什麼能擔任第一先鋒嗎？因為本大爺是最強的！只要我出馬，必定能夠旗開得勝！」

對於他的宣言，我有些厭煩的說：「你可真有自信，當心陰溝裡翻船。」

「哼！那是絕對不可能的！」

他伸出一隻手指著我們。

「一個是體型嬌小的奧文斯人！另一個則是虛弱無知的地球人！像你們這種軟腳蝦，怎麼可能贏得過我！」

「這種事情不比比看又怎麼會知道。」

一直受到他的嘲諷，使我的心情大受影響。況且他的嘴臉……讓我想起了一些討厭的人——喜歡欺負我的白目三人組。

總是擺出一副囂張的嘴臉，完全不懂得什麼叫禮貌。基於一些考量，我一直避免和那些人起爭執，但是眼前的這隻猴子真的惹火我了。

被人看不起到這個地步，任誰都會生氣。

「明明只是個弱小的地球人，居然敢用這種口氣跟我說話？」史皮迪凶狠的表示。

「有趣！」

隨即嘴角漸漸上揚。

「姑且先稱讚你的勇氣，不過可別以為這樣我就會認同你！」

「這話是什麼意思？難道你怕了不成？」

「笑話！」

史皮迪一邊大笑，一邊走向一棵大樹。

「我只是不想浪費時間在一個弱者身上罷了！」

說完，史皮迪便高高跳向樹上。當他碰到樹幹的同時，立刻就朝上方繼續衝刺，速度快到不禁令人懷疑他是在樹上奔跑。

很快地他便跑到了一根粗壯的樹枝上，然後伸手從枝葉的後方摘下某樣物品，接著毫不猶豫的從樹上往下跳。

「碰——」

明明從那麼高的地方跳下來，不過史皮迪卻一臉輕鬆的朝我走過來。整個過程，甚至還不到一分鐘。

「怎麼樣?你做得到嗎?」他咬了一口剛才拿到的戰利品，一派輕鬆的問道。

原來他剛才摘下的是一顆果實。

至於那是什麼?這個問題暫且先擺一旁。

我確實被他剛才的舉動給嚇到了，超乎常人的速度，令人目瞪口呆，相信就連真正的猴子也沒辦法如此迅速。

「如果你真的想挑戰試煉的話，那麼至少也要像我一樣爬到那麼高的地方才行！否則我是絕對不會浪費時間在你身上的！」

我對弱者沒有興趣，史皮迪再度強調。坦白說……我從來沒有爬過樹，能不能順利爬上去都很難說。

「不管要花多久的時間都沒關係，只要你能上去摘下果實，我就認同你的實力！怎麼樣？」

事到如今，我也不可能就此罷手。寶物固然重要，但是更重要的是，我絕對不想要被這個臭猴子瞧不起。

「等著瞧！我一定會做給你看！」

※※※

「喂！事先聲明！你要是敢偷偷幫他一把，我就把你們兩個轟出去！」

「知道了啦！你還真是囉唆……」

當我在做熱身運動時，後頭的史皮迪再三叮嚀小鐵不得插手。

看來他只針對我一個人。

我繼續做著熱身運動，並且抬頭看向上方。原本藏在樹葉後面的果實，因為史皮迪的拉扯而稍微露了出來，在陽光的照射下閃閃發亮。

我想應該有十公尺高吧！雖然可能只有大樹一半的高度，不過對我這個新手來說，已經算是相當不容易了。

「怎麼啦？你該不會是害怕了吧？」當我在心中盤算時，史皮迪卻故意挑釁道。

「煩死了，我只是在想要怎麼爬比較輕鬆。」

算了，不管了！繼續胡思亂想也不是辦法。

閉上雙眼、深呼吸，我將雙手放到樹幹上。粗糙的觸感弄得我有些發癢，不過現在必須集中所有的注意力。

由於沒有經驗，因此為了慎重起見，剛開始我的步調很慢，每爬一步，我都會確認自己的狀態，並調整呼吸。

越爬越高的我，似乎已逐漸掌握到訣竅。

原本以為這麼高的樹不太好爬，實際體驗過才發現，粗糙的樹皮增加了摩擦力，而且還有樹枝能夠協助我前進。

這麼看來，再稍微加快速度應該也難不倒我。

很順利的，我爬到了一半。

「哦？看不出來你還挺有一套的嘛！」位在下方的史皮迪發出了感嘆。

「不過別太得意！好戲還在後頭呢！」

哼！你也只能趁現在這麼說了，我很快就會摘到果實！

我依舊維持原來的氣勢，不僅絲毫沒有減速，甚至還加快腳步不停地向上爬。看到了吧？臭猴子！這就是地球人的學習能力。要怪就怪你自己狗眼看人低，選了一個這麼沒有難度關卡。

就在我這麼想並伸手想要抓住上方的枝條時，卻發生了意想不到的變故。

「唔！」

那根樹枝居然斷掉了！我的身體因而失去了平衡。幸虧我及時抱住了一旁的樹幹，才不至於演變成最壞的狀況。

呼！好險，要是反應再慢一點，說不定真的會掉下去。

我一面用手擦拭臉上的汗，一面在心中這麼告訴自己：「不要緊的。」

雖然遇上了亂流，倒也不至於影響目前的進度。現在的高度應該是八公尺左右，已經離成功不遠了，只要再多堅持一下，相信自己一定可以辦到。沒錯，我一定可以做到。

重新打起精神後，我又再度開始爬樹，然而卻沒有想像中的那麼順利。

「怪了……」

身體無法像剛才一樣那麼俐落，手腳出現了僵硬的現象，就連出力也沒能達到想要的結果，心裡頭更是有一股疙瘩揮之不去，讓人感到渾身不自在。

怎麼回事？正當我驚訝於自己身上的變異時，我注意到一件更令人驚訝的事。

我怎麼會流那麼多汗？剛才不是爬得很輕鬆嗎？應該沒用多少力氣才對吧？為什麼突

然之間全變了調？難道說那傢伙……

「不行啊！溫米！」

還來不及聽從小鐵的忠告，我便下意識的向下看，確認史皮迪有沒有玩什麼花樣，但是這麼做卻反而造成了反效果。

這裡……好高！

我頓時感到有些癱軟。由於之前太過順利，反而令我忽略了一個事實。八公尺相當於一般大樓的三層樓高度，是足以令人感到恐懼，甚至令生命受到威脅的高度。沒能儘早認清這一點的我，居然沒有做好心理準備就往上爬。這下不妙了……

「哈！看來是產生作用了！」

這時，史皮迪大聲嘲笑。

「我就知道你只是個什麼都不懂的外行人！爬樹可不是那麼簡單的啊！像你這種只學會一點皮毛就自以為是的笨蛋！最後的下場肯定會很慘！」

雖然因為頭暈目眩，看不清楚史皮迪現在是什麼表情，但我想他應該非常得意。

「這是自作自受！」

吵死了！我很想朝他大罵，但是現在不能那麼做，我必須好好保存體力才行。

「怎麼樣！地球人要認輸了嗎？」

開什麼玩笑！我才不要認輸！就只差幾步而已，怎麼能夠放棄！要是輸了，我就必須懷抱著屈辱離開這裡，那怎麼行？才不要！

下定決心，我再度伸手想抓住上方的樹枝，只是在那麼做之前，我又聽見可怕的斷裂聲。這次是我腳下的樹枝承受不了重量，斷掉了。

糟了！

「溫米！」

受到地心引力的牽引，有那麼一瞬間我真的以為自己會摔到地上。

「啊啊啊啊啊！」

幸虧在千鈞一髮之際，我抓住了一根粗壯的樹枝。儘管這麼做讓我的身體產生了撕裂般的劇痛，不過也因此撿回了一條命。我用盡全身的力量，將懸吊在半空中的身體撐了起來，爬到樹枝上。

「呼……呼……」

雖然幸運逃過了跌落的命運，不過這個失誤卻使我耗費了許多力氣。

只是往下掉了一些，但是卻已經對我的身心產生莫大的影響。本來以為可以輕鬆達成目標，現在卻變得如此困難。真糟糕……我還行嗎？

湧上心頭的疲憊，以及對高度產生的恐懼，使我的身體忍不住顫抖了起來。

要是再失手，或許就真的完了，即便不斷告訴自己這只是一點小失誤，但我還是沒能輕易站起身來。

我開始害怕了……這下該怎麼辦？

「怎麼了？這樣就不行了？真是沒用！」史皮迪大感不滿的說道。

「不行的話就說一聲！我會在下方接住你的！」

這是要我放棄的意思？

「反正你應該也沒有力氣再繼續了吧？還是趁早放棄會比較好！以一個地球人的水準來看，能做到這種程度已經算是很厲害啦！」

仍舊是讓人非常不爽的言論，不過我也沒心情再說些什麼。誇下海口，卻只能做到這種程度，令我既丟臉又不甘心。

身上的力氣已經所剩不多，就算休息後復元了一些，我也沒有自信能夠再次挑戰。話雖如此，我更沒有那個臉說放棄。

真可說是進退兩難……

「反正像你們這種喜歡找藉口、缺乏毅力的種族本來就不可能做得到，還是趁早放棄吧！」

這時，史皮迪變得更加得寸進尺，這些話卻也惹火了還在煩惱的我。

「你少給我說這些廢話。」我的語氣帶著滿腔的怒火。

這一刻，我完全忘了剛才的恐懼，雙眼直視著下方那個煩人的史皮迪。

「像你這種低智商的生物！哪裡會懂得地球人的優點！」

「優點？哈！連這種小事都做不到的虛弱種族！哪會有什麼優點！」

聽到這番話，我最後一絲的理智就此斷線。

「你給我等著瞧！我馬上就讓你知道自己有多無知！」

地球人的優點是什麼？給我張大眼睛仔細看清楚了！我完全忘了恐懼為何物，一心只想要做到史皮迪口中的「小事」，竭盡全力的向上爬行。

每爬一步，身體就會不斷地發出哀號，可是我並不在乎，也根本不予理會。

說我們是虛弱的地球人？

說我們是愛找藉口的低劣種族？

開什麼玩笑！

既然如此，就算是粉身碎骨我也要成功！只為了挽回地球人的尊嚴。

身體嘎吱作響，手臂也因為用力過度已經快要失去知覺。當我伸出一隻手想要抓住眼前粗壯的枝頭時，我又聽見了細微的聲響從腳邊傳出，於是立刻將另一隻手也揮了過去。

只見腳下的樹枝應聲斷裂，幸虧我抓住了上方的枝頭。

為了爬上樹枝，我使盡全身的力氣打算撐起身體。面對地心引力強大的作用力，我的身體承受著難以想像的痛楚，我甚至懷疑自己會不會就此昏倒。

加油呀！我的身體！只差一點就能成功了！

我竭盡全力，咬牙苦撐。而這麼做也確實得到了回報，我就這麼一點、一點的撐起了自己的身體。費盡千辛萬苦，我的雙腳終於又站上了枝頭。

成功了！我做到了！

「太好啦！溫米！」

見到我終於爬到了目的地，小鐵興奮的又唱又跳。我大口大口的喘著氣，並且看向樹葉後方的果實群。那是一顆顆色澤飽滿的果實，看起來非常多汁鮮美。我將其中一顆給摘了下來，沉甸甸的重量為我疲憊的身體添加了一絲真實感。

這一刻，我終於成功了。

「史皮迪！你看到了吧！」

05 鬼抓人

「看不出來你還挺厲害的嘛！」回到地面之後，史皮迪這麼對我說。

說句實話，比起爬到樹上，返回地面更令我感到恐怖，況且我實在沒力氣再往下走。雖然丟臉，也只能拜託史皮迪在下方接住我。

「哼！見識到人類的本事了吧！」

身體感到相當疲憊，不過心裡頭卻十分爽快，這也難怪，畢竟好不容易才替自己爭回了一些面子。

「好吧！我承認太小看你了，不過接下來可沒那麼容易！」

史皮迪強調：「因為本大爺是全宇宙最強的！」

像他這樣如此積極樂觀的人，應該會很長壽。

拍掉身上的灰塵與樹枝後，我想將剛摘下的果實交給史皮迪。

「做什麼？」

只是他並不領情。

「不是要用這顆果實當作證明嗎？」

「這是你辛苦摘下來的！好不容易才得手，當然要自己享用。」

他既然這麼說那就算了，我收回伸出去的手。不過話又說回來，這究竟是什麼果實？圓潤的外型有點像是蘋果，色澤飽滿卻呈現出奇妙的淡藍色，給人一種含有劇毒的印象。

「喂！這到底是什麼？」實在是猜不到，於是向史皮迪問個明白。

「怎麼了？難道說怕有毒不成？別擔心，我剛才不也吃了一顆了嗎？安心的吃吧！」

不……你這麼一說我反而更擔心。說不定那其實只對你們科麥瑞人無害而已。

「真麻煩！就說沒問題了，幹嘛還這麼婆婆媽媽的，像個男人一樣乾脆一點！」見到我依舊猶豫不決的模樣，史皮迪再也受不了大聲的指責。

嘖！真是囉唆，要怎麼處理自己的東西是我的自由。不過，也對。再想下去也沒什麼意思，還是乾脆點吧！

於是我將手中的果實放入嘴裡。才剛咬下去，鮮甜的氣息立刻竄了出來，並且連同果肉一起在口中翻騰，衝擊著我的味蕾。即便是我初次品嚐，卻是足以令我上癮的好味道。好吃！

「這是一種名叫『羅芬』的蘋果，是我從家鄉帶來的一種特產，其高雅的風味非常吸引人，就算在廣大的宇宙中也是備受推崇的喔！」

原來這真的是蘋果，雖然外表讓人有些警戒，但味道真的很有魅力。

「哇！原來真的是羅芬啊！我以前只在黑市看過賣相不好、價格卻非常貴的贗品呢！沒想到居然能看到如此漂亮的真品！」

貪吃的小鐵自然無法抗拒，只見他離我的手邊越來越近。

是說你為什麼會說出這麼具體的事例？該不會以前曾經被奸商騙過吧？

這時，史皮迪繼續說：「雖然這種蘋果具有很高的價值，不過相對的數量非常稀少，必須在富足的自然環境中才能發現它的蹤影，因此羅芬又被稱為『大自然的恩惠』。」

「缺點是不能吃太多，不然很容易發胖。」史皮迪補充道。

還真是顆神奇的蘋果，再次咬下去，鮮甜的果香就這麼在口中散開，直叫人留戀。

「溫米溫米！拜託也讓我吃一口！」看我吃得津津有味，小鐵終於按捺不住口慾，拉著我的褲管這麼央求著。

因此我將羅芬拿到了他的面前。

「好甜！好吃！」

結果小鐵瞬間就將整顆吃個精光。剛不是說只吃一口的嗎……這小子真不懂什麼叫客氣。

「好了，既然也享受過了！那麼接下來就是今天的重頭戲！」

史皮迪彈了一下手指，其身邊立刻出現一道煙霧。

「蹦——！」

隨後出現了一個巨大的沙漏。

「我的試煉內容是——鬼抓人！」

鬼抓人？也就是先在團體裡面找一個人出來當鬼，並且由他去追逐其他逃竄的人，被碰到的人便會替代變成鬼，接著再由那個人繼續去追別人的遊戲吧？雖然我沒有跟別人玩的經驗，但那卻是連我都知道怎麼玩的簡單遊戲。

還以為試煉的內容會更有難度，想不到居然這麼單純？

「規則非常簡單，由你們當鬼並且進行追擊，只要你們其中一人能在三十分鐘之內碰到我的身體就算你們贏了；反之，要是沒能在時限之內碰到我就算你們輸了。怎麼樣？夠簡單了吧？」

確實非常的乾脆，並且對勝負的判定也很明確。只是總覺得有哪裡奇怪？

「我確認一下，只要抓到你就行了？不用進行攻守互換？」

「不用，只要碰到我的瞬間試煉就結束了。另外，身為鬼的你們可以用各種方法對我進行攻擊，不管是丟石頭或設下陷阱都可以，而我除了逃跑其他什麼都不會做。」

聽到他這句話，我終於注意到奇怪的地方了。

「這對我們也太有利了吧？」

沒錯。雖說是他設下的規定，卻沒有讓自己變得比較有利，不管怎麼想都不太平衡。

只是，史皮迪卻還是笑了。

「還真是仁慈，雖然我不討厭這種個性，但你是不是忘了一件事？」

他用手指著自己。

「單論身體能力，我絕對比你們還要強上百萬倍。」

史皮迪的臉上洋溢著自信。不過，事實也的確如此。

「這個沙漏正好是三十分鐘，如果在沙子全跑到下面之前還沒抓到我的話，就算你們輸了。至於想什麼時候開始就由你們決定吧！看是要擬定戰術還是要休息都可以，總之我會在這個地方待著，可別讓我等太久啊！」

「那麼，加油吧！」語畢，史皮迪便背靠著沙漏坐下。

「我們該怎麼辦？」我輕聲的問小鐵。

「總之先到一旁。」

我們離開史皮迪的身邊，接著在一棵大樹前坐下。

「你認為有勝算嗎？」我劈頭就問。

「按常理來說應該百分之百沒有。」小鐵直接了當的這麼回答，而我也這麼覺得。就像史皮迪說的，雙方的體能有一大段差距。史皮迪爬樹的速度真的很快，而且他應該還沒使上全力，加上這裡是他的地盤，他應該對這裡的地形瞭若指掌才對。

相反地，我方則是一個體格普通的國中生，以及一個沒辦法使出全力的嬌小外星人，根本不能與之相提並論。光靠規則的優勢，是沒辦法彌補體能上的巨大差距。

「因此我們必須要想個必勝的戰術。」

這點我同意。

「那麼，你有好的辦法嗎？」我問道。

「嗯……也不能說沒有啦！」

哦？這麼快就有了？雖然小鐵看起來呆頭呆腦的，不過腦筋卻動得很快。

「以目前的情勢來看，與其設置一些拙劣的陷阱，倒不如用出乎意料的方式進攻會比較好。」小鐵說道。

「出乎意料？例如？」

「比方說，由我來進行決勝一擊。」

對於小鐵這個提議，我感到有些驚訝？

「你來？不是應該由我來效果會比較好嗎？畢竟你這個樣子……」

我並沒有把話說完，但意思應該非常明顯了。比起跑不快的小鐵，還是由我親自出手勝算會比較高吧！

不過小鐵搖搖頭說：「不，正因為你們這麼想，才更應該由我來做。」

這句話是什麼意思？我不太能理解。

「當然，為了要讓我能夠成功得手，我們有必要在這上面賭一把。」

「賭一把？也就是說風險很高囉？這樣的話不需要其他備案嗎？」

「不用擔心，我當然還有其他備案，不過我不是很有信心……」

一提到備案，小鐵就略微低下頭去，怎麼回事？

不過很快的他又抬起頭說：「好了，先不管什麼備案了，還是先想想作戰計畫吧！」

也對，現在最重要的是這件事。

「那麼，具體該怎麼做？」

「首先，我們要……」

※※※

「怎麼？結束了嗎？」

一個小時後，我們回到了史皮迪的面前。

具體的作戰內容只花了十五分鐘就討論完畢，剩下的時間則是用於恢復體力，畢竟剛才花了不少力氣。

「你們是不是想到了什麼必勝的戰術？」

「這個嘛……你說呢？」小鐵顧左右而言他，不正面回應。

「什麼嘛！真無趣……算了，無所謂，反正不管準備了多少計策，我都會正大光明的擊退你們。」依舊是充滿自信的言行。

現在我們的一舉一動都要非常小心，史皮迪擁有非常敏銳的直覺，萬一讓他察覺到我們的技倆，那一切就完了。

畢竟，我們只準備了一套計策。本來應該要有多一點的方案，不過能想到的種類實在非常有限，萬一不小心弄巧成拙，反而容易讓史皮迪產生戒心。不能讓事情變成這樣。考慮到雙方的實力差距，就必須趁史皮迪輕敵的時候動手，正因為他總是充滿自信，才更容易陷入一些意想不到的計策裡頭。對付單純的人就要用單純的方式，這就是我們的結論。

「那麼，準備好了嗎？」

接下來就看能做到什麼程度了。

「遊戲開始！」

史皮迪大聲疾呼，並將沙漏反轉，使得裡頭的沙就此開始掉落。就是現在！

「上！」

趁著他大喊的同時我衝了出去進行突襲。

「哈！我就知道會來這招！」

不過史皮迪並沒有疏忽，只見他輕鬆的往後一跳，拉開了距離。

被猜到了嗎？不過沒關係！

「小鐵！從後面包夾他！」

「瞭解！」

聽到我的呼喚，小鐵立刻跑了起來。因為是兩人合作，所以有人數上的優勢，盡量向獵物製造壓力。本來應該是這樣啦！

「呼……咻……」

可是小鐵跑得有夠慢的……他的身體實在太嬌小了。不管再怎麼努力，那麼短的腿跨出的步伐自然也不大，他用盡全力奔跑的速度，我大概只要走快一點就能超越。雖然他表現得非常賣力，但說實話那副模樣實在有點……我彷彿聽到卡通裡面滑稽的音效。

「好了！來吧！」

好不容易跑到了定位，但是為什麼我會這麼想笑？啊……就連史皮迪都在憋笑，看來他真的不把小鐵放在眼裡。重整好心情，我再次將注意力放到史皮迪身上。儘管被前後包夾，但他依舊做出遊刃有餘的笑容，似乎並不認為現在的情況是種威脅。

等著瞧，晚一點就會讓你再也笑不出來！我慢慢地一點一點縮短和他的距離，我像一隻獵豹緊盯著獵物，深怕他會在我眨眼的瞬間逃開。另一方面，小鐵也逐漸拉近距離，即使體型有著相當大的落差，但他依然卯足全力。相較之下，史皮迪還是顯得老神在在。

「我說你們不要繃那麼緊嘛！這樣遊戲玩起來會很沒有意思。」

少囉唆，誰跟你玩啊？這是我們唯一的戰略，不嚴肅一點怎麼行？我重複著吸氣、吐氣的動作，試圖將身體放鬆下來。

他會從哪裡逃呢？是小鐵那邊嗎？還是左右兩邊？抑或是直接朝我這邊過來？如果我會打籃球該有多好……不管了，進攻！

我踢飛了塵土，將自身的速度提升至極限，並伸出右手企圖碰觸到史皮迪的身體；同一時間，小鐵也朝史皮迪衝了過去。但是，史皮迪根本不放在眼裡。

「太慢了！」

他並沒有離開原地，而是配合著我們的夾擊自在的左閃右躲。

「唷！這裡！可惜！再來！抓不到！抓不到！抓到了！騙你的！哈！」

可惡！完全抓不到！史皮迪像是在逗弄憤怒公牛的鬥牛士，不斷地以花俏的動作進行閃避，這傢伙根本就是在耍著我們玩！

逐漸變得暴躁起來的我，這次伸手朝他的胸口抓去。

「吼吼！這個方向很不妙喔！」

史皮迪從原地高高的跳起。結果原本在他後方的小鐵突然出現在我面前。

「碰——！」

並且直接撞上了我的額頭。

「好痛！」

「溫米，你沒事吧？」

雖然和我相撞，不過小鐵似乎感覺不到痛，完全沒有發出任何哀號。

可惡！真是狡猾！

「哈哈哈！你們還真是有趣！」

史皮迪在樹上哈哈大笑，隨後又從樹上跳了下來。

「好了，才過三分鐘而已，繼續吧！」

史皮迪似乎還想繼續陪我們玩，完全不打算認真逃跑。我稍微揉了一下額頭之後，鬼抓人再度重新開始。這期間，我們一直嘗試變化各種陣型，除了前後、左右包夾，還試著以連環出手、假動作之類的動作企圖擾亂史皮迪的節奏。只是雙方的運動能力還是差太多了，不管怎麼做史皮迪都能從容不迫的應對，只是他很快就膩了。

史皮迪放棄了站在原地閃躲的攻勢，改成你追我跑的行動模式，不停的在樹上跳來跳去，害我們必須像個傻瓜一樣四處奔波。

「怎麼了！你們就只有這麼一點本事嗎！來呀！來呀！」

史皮迪一邊放慢自己的步調，一邊說些惱人的話挑逗著我們的神經。坦白說，被這麼耍著玩心裡頭真的很不是滋味，不過這也是事實。

「哎唷！」

就在這時，小鐵不小心被樹根絆倒了。不過我並沒有前去關心，依舊繼續盯著史皮迪四處逃竄的動向。時間約莫過了十五分鐘，始終無法打破這種鬱悶的狀態，讓我感到有些不爽。不過，我也不能操之過急，因為這一切都還在「計畫」之內。

我們並非毫無目的的追著他跑，但為了將祕藏的大絕招發揮到最大的功用，進行這場實力懸殊的追擊是必要的。其實小鐵「脫隊」的這件事，也是我們計畫好的。我繼續維持原來的步調，避免錯過實施計畫的時機。說實話，這真的是非常艱難的任務，盡管我用盡全力在拼命追趕，史皮迪卻顯得輕鬆無比。

「可惡！你給我站住！」

這句話是我故意說給史皮迪聽的，不過這裡頭也包含了我的真心，因此聽起來想必很有說服力吧！

「哈哈哈！怎麼可能站住！有本事你過來抓我呀！」

玩心大開的史皮迪自然沒有察覺到我們的計畫，而是單純的以為這只是我這個弱者不甘心的吶喊。很好，這樣就對了。雖然有些屈辱，但這也是必要的。必須讓史皮迪保持在自滿的狀態才行。幸虧他只是個頭腦簡單的笨蛋，我們的計策才會進行的這麼順利。

沙漏裡的沙也落下了將近三分之二，距離結束應該還剩下十分鐘左右。差不多該動手了。

「怎麼了？你已經沒力了嗎？離結束還早得很喔！」本來還跑上跑下的史皮迪停在了沙漏前方，臉不紅氣不喘的說道。

「吵死了！我才剛做好暖身運動！接下來才是重頭戲！」

任誰都能明白我只是在逞強而已，不過無所謂。趁這個時候我快速地用眼神掃過史皮迪身後的樹上，並且看到小鐵發出的信號。

那邊嗎？我一邊進行牽制，一邊將自己的身體慢慢移動到適當的位置，史皮迪仍舊嘻皮笑臉，站在原地不為所動。沉住氣，機會只有這麼一次。

下一刻，我衝了出去。史皮迪並沒有急急忙忙的躲開，而是從容不迫地等待著我的進攻，完全不把我放在眼裡。沒錯！我要的就是這個反應！

就在還有一段距離時，我撲了過去，並且張開雙手想要抓住他的雙腳。

「你的攻擊意圖還是這麼好懂！」

雖然這還是無法對史皮迪造成任何威脅，只見他輕鬆地跳起來躲開了這次的攻擊。

失敗了嗎？可是……

「還沒完呢！」

躲在樹上的小鐵跳了出來，打算直接跳到史皮迪的頭上。這就是我們所策劃的絕招！

「什麼！」

史皮迪終於露出驚慌失措的樣子。

我們的計策非常簡單，由我來做誘餌，然後再由小鐵進攻。史皮迪雖然瞧不起地球人，但從某方面來說，他應該更看不起小鐵才對，畢竟他的身軀實在太過嬌小。因此，史皮迪打從一開始就不覺得小鐵是個威脅，只把心思放在我的身上。

然而史皮迪忽略了一點，那就是嬌小也有嬌小的好處。比方說，非常容易藏身。我們在追擊中刻意製造出小鐵笨手笨腳的形象，目的是要讓他可以在途中合理的「落單」。接著在我轉移史皮迪的注意力時，小鐵便想辦法躲到指定的地點等待時機。這種作法其實很容易就能看穿，只不過愛玩的史皮迪絲毫沒有發現，還以為小鐵只是單純的跟不上而已。

等到一切準備就緒，剩下的就是想辦法將史皮迪逮個正著。為此，我們想到了一個方法，就是讓史皮迪跳起來。

由於他有著與野獸無異的強健身軀，使得他可以靈活的穿梭在森林之中，加上他非常熟悉這裡的環境，一般人想要跟上他的腳步根本是不可能。只不過就算跳躍力再怎麼驚人，一旦跳到半空中，就沒辦法在著地之前做出其他動作。因此只要想辦法讓史皮迪跳起來，接著再利用那一小段空檔發動奇襲就好。

「得手啦！」

史皮迪從地上跳躍，小鐵則從樹上往下掉，兩人將在零點幾秒之後相撞。贏了！

「別想得逞！」

就在那一瞬間，事情突然產生了新的變化。史皮迪甩動自己長長的尾巴，將它纏繞在小鐵跳下來的樹枝上，這個結果，讓原本只是向上跳躍的史皮迪變成了泰山，順勢盪了上去。本來應該直接撞到史皮迪頭頂的小鐵沒能預料到這個動作，就這麼和他在空中交錯。

史皮迪跑到了樹上，至於小鐵則重重的摔到地上。失敗了……

「呼！剛才真是好險！沒想到你們還藏著這一招！」

史皮迪摸著尾巴，似乎鬆了一口氣。

「你們比我想像中的還要厲害嘛！」

我並沒有理會史皮迪興奮的語氣，而是僵在原地無法動彈。

居然就這麼輸了……

我們將所有的一切都賭在那一個絕招上，但是卻這麼輸了。時間……似乎還剩下八分鐘左右，這段期間就算繼續你追我跑也沒有任何意義。都結束了……

「溫米！快點振作起來！」這時，躺在地上的小鐵大聲疾呼。

「現在只能靠你了！快點！」

「可是……作戰已經……」

「沒關係！不過就是一次失敗而已！還沒有分出勝負！我們還能反敗為勝！」小鐵不斷地呼喊，像是要再次激發我。

可是，我已經喪失鬥志了。

「不可能的，單憑我一個人怎麼可能贏得了他？光靠我們兩個聯手都沒辦法抓住他，只靠我一人又怎麼可能……」

「不要說喪氣話！」小鐵打斷了我的話。

「這世界上沒有什麼事情是絕對的！你應該更加相信自己才對！」

「相信？相信什麼？」

「相信自己的潛力啊！你剛才不是爬上大樹了嗎！你不也是靠著毅力做到了！不要給我說喪氣話！拿出你的鬥志與決心！你不是很想贏過史皮迪嗎？那就不要給我放棄呀！」

不要……放棄……我從來都沒聽過別人對我這麼說。一直以來，我都是自己在安慰自己，現在卻有人願意對我這麼說。這是什麼感覺？

「哎唷！這是在安慰他嗎？我好感動啊！」

「吵死了！你給我安靜一點！臭潑猴！」

「你這傢伙！信不信我把你給拆了！」

「有種就試試看啊！你這造型怪異的潑猴！」

一旁的外星人現在正忙著吵架。

因為小鐵的一番話，讓我找回了求勝的決心。

我是為了什麼那麼拼命爬樹？

又是為了什麼這麼拼命追趕？

為了寶物？

不對，這不是最重要的。而是為了自己的尊嚴而戰。就算是身為虛弱無知的地球人，我也有我自己的骨氣，但不能連我自己都瞧不起我自己。

這樣是不對的，因為人有著無限的可能性。

沒錯，只要我想要。

「史皮迪！」

我就一定能夠超越你！

這一瞬間，我的腳下發出耀眼的光芒，並有一股不可思議的感覺油然而生，讓我感到十分詫異。

「終於……成功啦！」

看見我身上的變化，小鐵興奮的大叫，史皮迪則瞪大了雙眼。就在還沒搞清楚發生什麼事以前，我的身體便逕自衝了出去。

「什麼——！」

而且速度非常快，居然一瞬間就來到了史皮迪的面前。

史皮迪被奇襲嚇了一大跳，隨後狼狽的拉開一大段距離，他應該完全沒預料到我會這麼快吧！正當我打算再次朝他逼近之前，身體就已經做出了行動，迅速的追上了史皮迪的腳步。

難道說我現在可以不經過思考，直接依靠身體本能做出反應嗎？

明明剛才還那麼辛苦，現在卻能不費吹灰之力，面對如此不可思議的變化，我自己也是感到一頭霧水。

已不見史皮迪方才從容不迫的神情，顯得非常焦急。

「開什麼玩笑！你到底做了什麼！那雙鞋子又是怎麼回事！」

鞋子？聽他這麼一提我不由得低頭看向自己的鞋子。

原本白色的運動鞋，變成了另一雙我從沒看過的紅色鞋子，醒目的亮色系不僅非常搶眼，甚至還有一對翅膀夾在後頭。這雙造型突出的鞋子是怎麼回事？儘管我心中滿腹的疑問，但現在也沒時間想那些問題。

沙漏上方的沙子已經所剩不多，這次真的是最後的機會了。

無論如何我都要摸到史皮迪！

「可惡！休想得逞！」

史皮迪也拿出了真本事，不僅流暢靈敏的穿梭在樹林之間，速度之快也並非剛才所能比擬的。

每當我快要抓到的時候，他總能在千鈞一髮之際逃脫，即便接下來我又再度展開一連串的攻勢，但是史皮迪展現出十足的韌性，不斷地利用閃躲化解危機。

時間快要到了，該怎麼辦？

這時，我注意到史皮迪的後方，小鐵正站在那邊不斷地揮手示意。他要做什麼？這個念頭剛從腦海中閃過，便又化作一個妙計。

儘管是很粗糙的手段，但也沒時間挑三揀四，只能放手去做了。我再度對史皮迪展開攻勢，他也再度面目猙獰的不停閃躲。

就這樣一點一點地將他引到小鐵附近。就在這時，看準時機的小鐵衝了上去，打算抱住史皮迪的腳。

「唔！休想！」

慢了一拍才查覺到的史皮迪，強行轉動身軀避開了他的攻擊。

失敗了嗎？不對。

小鐵替我爭取到絕佳的機會。

就是現在！

我毫不猶豫的做出飛撲，像是發射出去的子彈朝史皮迪衝了過去。無法迴避的史皮迪看起來滿臉驚恐。

「碰——！」

我們就這樣撞在一起。

強大的衝擊力不禁令我眼冒金星，激烈並大量的有氧運動，讓我的身體發出莫大的哀號，但是這一切是值得的。

「終於抓到你啦！」

我們，成功了！

06

湖上的搏鬥

「可惡！想不到居然會栽在你們手上……」

史皮迪看起來相當不滿。

經過剛才的激戰，史皮迪整個人變得灰頭土臉，身上的鬃毛沾染上不少塵土。當然我也好不到哪去，全身上下沒有一個地方是乾淨的。

話雖如此，我並沒有因此感到不悅，而是感到非常的開心，畢竟好不容易才取得了勝利。

在雙方體能差距懸殊的情況下，原本唯一能仰賴的計策竟然失敗了，讓我以為自己輸定了。

然而靠著小鐵的鼓舞，使我在最後找回了自信，並在最後一刻扭轉了戰局。想到這裡，我不經意的看向自己的運動鞋。

剛才那雙醒目的紅鞋已變回原本的白色，那股爆發力及輕盈感也連帶消失無蹤，現在僅剩下疲勞與疼痛的感覺。

那究竟是怎麼回事？關於這點我之後一定要請小鐵說明清楚。現在還是先把焦點放回史皮迪身上。

「好了，既然我們已經贏了，你應該會遵守承諾吧？」我俯視著坐在地上的史皮迪。

「嘖！知道了啦……」

史皮迪小聲的嘟噥，看來他真的不太服氣。只見他站了起來，拍拍自己身上的塵土。

「願賭服輸，我會遵守承諾，告訴你們下一名守護者在哪裡。」

史皮迪豎起右手食指，朝著自己的右前方指去。

「沿著這個方向繼續前進，會看見一座湖，你們應該可以在那找到下一位守護者。」

這個地方竟然還有湖？

「只要到那裡就能遇到下一位守護者？」小鐵複誦。

「不，這點我不能保證。」然而史皮迪卻這麼回答。

由於這個說法前後矛盾，令我和小鐵忍不住面面相覷。

「這話是什麼意思？你剛才不是說可以在那找到人嗎？」

「話是這麼說沒錯啦……但是就連我也沒辦法確定是不是就在那附近，因為他的性格相當古怪。」史皮迪強調。

性格古怪？真想不到史皮迪居然會這麼形容別人。

「既然如此，為何還要去那邊找人？」小鐵顯得有些不滿。

我也差不多是同樣的心情，費盡千辛萬苦好不容易得到一條線索，可是這條線索卻似乎不太可靠，讓人有些洩氣。

「別著急，我話還沒說完呢！雖然我不知道他現在在哪，不過還是有個方法能夠找到他。」

這時，史皮迪提出了一個方案。

「湖畔附近應該會有一艘小船，你們只要搭上那一艘船，並且前往湖的中心地帶就行了。」

「湖的中心地帶？去那邊要做什麼？」

「什麼都不用做，靜靜等待就好。」

這算什麼……

「喂！把話說清楚！你從剛才開始就盡說些莫名其妙的話。」

「這可不行，我只能告訴你們這麼多而已。」

史皮迪依舊不願把話說明白。

「總之，我能告訴你們的就這麼多了。」

見到他如此乾脆的表示，讓我感到有些無言。該怎麼辦？我覷了一眼小鐵。

他從剛才就一直不發一語，似乎是在深思熟慮。隨後，小鐵開口這麼說：「好吧！感謝你提供的情報。」

看來也只能這樣了，畢竟就算再怎麼要脅，史皮迪大概也不會再說什麼。

「哼！沒事的話就快走吧！不過我話先說在前頭，你們一定要多加留心。」

史皮迪突然變臉道：「那傢伙真的非常討人厭！」

是在說下一位守護者嗎？總覺得只要一提到他，史皮迪就會顯露出厭惡的神情。

「雖然我也不想說同伴的壞話，但是勸你們自己要多加小心，要是不小心被他牽著鼻子，絕對會沒完沒了。」史皮迪一臉厭惡的表示。

「那麼，祝你們好運。」

接著他便高高跳起，消失在樹林之間。

※※※

由於時間寶貴，我決定立刻動身前往下一個地點，不過因為我的身體相當疲憊，光是走幾步路就感到相當吃力。即便如此，我也沒有打算要停下來休息。

「溫米，你確定不先休息嗎？」坐在我肩上的小鐵從剛才開始就一直這麼勸我。他的擔心，使我的心頭湧出一股暖意，也因為如此，我更想要振作起來。

「別擔心，我沒事。」

我硬是擠出了笑容，企圖讓他放心。不過似乎起不了作用，小鐵依舊目不轉睛的盯著我看。這下有點尷尬了，再不想辦法轉移話題，真的會沒完沒了。

有沒有什麼話題可以說……對了。

「小鐵，我問你喔！」我吞了點口水。「剛才我為什麼會突然變得那麼厲害？」

「你是說最後和史皮迪交手時，出現在你身上的那股力量嗎？」

我點點頭。

「唔……雖然那確實是我做的，不過嚴格來說……」小鐵像是在煩惱該如何說明。

「嗯……那是一種名叫『奇蹟禮物箱』的特殊能力，可以將人心在短時間內轉化成實體物品的力量。」

「轉化成實體物品？」

「沒錯！你還記得那時我說了些什麼嗎？」

是指他對我的鼓勵嗎？

「我想想……是要我堅持下去、絕不能喪失鬥志之類的……」

還有什麼？我試著反覆思索那個片段。

「啊！還有叫我相信，相信自己可以贏過史皮迪。」

「沒錯。這就是信念，是存在於身體裡面的一種指標。人們會因為信念去想像，還會因為想像而拼命。即便機會渺茫，可是只要不輕言放棄，就有可能締造出奇蹟。」

小鐵的語氣顯得有些興奮。

「『奇蹟禮物箱』正是以此當作基準的一種能力，只要灌輸足夠的意念，就能從禮物箱中得到能夠實現心願的強力道具。你之所以會穿上那雙紅鞋，正是因為禮物箱對你『想要贏過史皮迪』的意念產生共鳴。」

原來是這麼一回事。

「這還真是厲害，既然有這麼強大的力量，為什麼不在一開始就使出來？」

我並沒有責怪的意思，只是單純想就事論事。畢竟如果能夠早點使出那股力量，大家就不用這麼辛苦了。

「這有兩個原因。首先，那並不是能夠長時間使用的力量，雖說因人而異，不過通常只能維持幾分鐘而已。」

這樣的話確實不能太早使用。

小鐵接著說：「而且那股力量並非每個人都可以駕馭。」

說這句話的同時，他用手拍拍我的肩膀。

「那時雖然在你身上施展了這招，但就連我也不敢保證一定會成功，想要打開箱子取出裡面的奇蹟，就必須靠溫米你的努力。」

原來小鐵之所以會拼命向我喊話，並不單純只是為了鼓勵我，同時也是因為他把所有的希望都寄託在我身上。

「如果不是你拿出堅強的意念再度奮戰，我們絕對沒辦法抓到史皮迪。」

即便他一直在誇獎我，不過我並不認為那只是我的功勞，這是我們一起得到的勝利才對。

「那個能力該不會可以創造出任何物品吧？」

「理論上當然可以，不過要靠自身信念的強度來決定，越是虛幻的東西，就越需要強大的意念與具體的想像力，否則是沒辦法創造奇蹟的。」

「換言之，心中必須要有很明確的意念，並且要具備足夠的想像力，奇蹟禮物箱才會給予回應是嗎？」

「是的！就是這麼回事。」

如果只是「想要跑得比任何人都快」這類單純的想法，確實是很輕易就能想像得到；可是假若是要一把無堅不摧的雷射槍，恐怕就沒辦法這麼順利了。哪怕只有一丁點瑕疵，都有可能造成失敗。

還真是纖細的能力。

「不過你也不用想太多，這就跟騎自行車一樣，只要打開過一次，之後就較能得心應手。」

唔……即便小鐵這樣安慰我，但我還是不太有把握。

「哦？好像已經到了。」

這時小鐵從我肩上跳了下來。

眼前的景色美不勝收，清澈平靜的湖水宛如一面鏡子，映照著周遭的綠林以及萬里無雲的天空，僅僅只是看著這樣的美景，心靈彷彿受到了洗淨。

好漂亮。

正當我被眼前的美景給吸引住時，前方的小鐵卻忙著左顧右盼。

他在找什麼？

下一秒我便想了起來。

對了，他應該是在找小船。

我也開始四處張望，然後在不遠處真的看見一艘小船。

我們走向小船。扁長的船身是用木頭做的，上面的空間大概只夠兩人坐，沒有引擎，只有一對船槳，是一艘人力船。

輕輕的拍打一下船身，感覺還挺堅固的。不過原以為會看到什麼新奇的東西，沒想到卻是這麼樸素的小船，令人感到有些失望。

我將綁在岸邊的繩索解開，並且慢慢的跨上去，船身不斷搖晃，讓我有些害怕。說起來，這還是我第一次搭船。

「哦哦！這個還挺有趣的嘛！」

相形之下，小鐵卻顯得相當開心。

「出發！」

雖說是第一次，不過船槳該怎麼用我多少還有點概念，只要將它們放入水中，就可以推動水面讓船前進對吧？

方法是知道的，只是真正做起來似乎沒那麼簡單，小船並沒有照著我的意思前進，而是歪七扭八的四處亂跑。

好不容易將船頭拉回正前方，結果不知為何又朝右邊轉去，光是要導正方向就夠我忙的，根本無法讓船隻順利前進。果然沒有電視上說的那麼容易，必須實際體會才知道其中的難處。

划船也是一門學問。這樣下去到得了湖的中心地帶嗎?

「不對!溫米,兩手力道必須保持一致才行,不然會偏向一邊。啊!這次換右手太使勁了!」

這種時候,如果有人在旁邊下指導棋的話,心情只會更糟,真想把他給踹下船。算了,還是集中精神應付船槳吧!儘管只有一點點,不過多少也抓到了一些竅門,船身依舊歪七扭八的慢慢朝向我們的目的地前進。

只是,關於這點我心裡頭還是有一些疑問。

「為什麼要去那種地方?」

要不是史皮迪的建議,我們根本不會想到要去什麼湖的中心地帶。史皮迪那隻死猴子只叫我們去那裡,但是最重要的原因卻隻字不提,令人無法搞懂其中的用意。

到底那裡會有什麼?我完全沒有頭緒。

「難道說守護者就住在那裡?」小鐵發表自己的看法。

住在那裡?也就是說那名守護者是以湖為家囉?

「我不這麼認為,真是如此的話史皮迪當初就不會那麼說了。」

他是說「不清楚那名守護者在哪裡」,而不是「守護者就在那裡」。

「這麼說也有道理……」小鐵表示。

我一邊划槳,一邊回想史皮迪的話。

我不認為他會說謊，他應該是真的不知道那位守護者的下落。既然這樣，那麼「只要靜靜等待就好。」這句話又是什麼意思？

等待？等待什麼？等待守護者的到來嗎？

還是會出現什麼出人意料的事物？

會是什麼呢？

「我問你喔！如果提到湖泊，你會想到什麼？」心裡頭始終沒有一個可靠的聯想，於是我忍不住發問。

「怎麼突然問這個？」

「別管那麼多，說說看。」

小鐵不明就裡，不過還是回答我：「很多水吧！」

「你認真一點想啦！」

「我很認真啊！而且湖泊本來就是由水匯集而成的啊！」

「不是這種直線思考啦……我問的是聯想。」

「早點說嘛……我第一個聯想到的應該就是魚吧！」

這次總算聽到我要的答案。

「這是為什麼？」

「因為魚很好吃！」

雖然他的動機一點都不單純，但是會在湖裡發現魚的蹤影是很正常的事，然而那是在一般情況下。

我想這裡應該和森林一樣，都是以人工建造出來的空殼子，就算把魚飼料丟進湖裡，也不會有任何水中生物浮上水面。

況且就算真的有魚好了，那也不是什麼令人驚訝的事情，反而應該說這樣才正常。魚在水裡游本來就是天經地義的事，何況這件事情跟守護者扯不上邊吧？

「溫米……」

要不要再試著重新整理史皮迪說過的話？

「我說……溫米。」

嗯……我看還是算了，再繼續想下去大概也不會有任何結果，還不如先放棄思考，選擇靜觀其變。這樣或許會比一直糾結，因而讓自己變得心煩意亂來的好。

「喂！溫米！」小鐵大叫一聲，把我喚回現實。

「什、什麼事？」

「你還敢問！難道你沒有看到嗎！」

什麼意思？這麼想的同時，我立刻注意到一個詭異的情景。竟然有個巨大的黑影在湖面下游來游去！

那是什麼東西？

我緊抓船緣，眼睛完全沒辦法離開那個巨大的黑影，同時也驚訝的發現一件事。那個身影的輪廓，我很有印象。

那是一條魚，而且還是體型驚人的一條大魚。

我直盯著那隻生物的蹤影，只見牠一直圍繞在船的四周不停地的打轉。牠在做什麼？這個疑問浮現在我腦海裡，不過很快就得到了解答。

「嘩啦！」

那頭巨大的傢伙從水中衝了出來。高高的浪花被瞬間激起，平靜的湖面也因此掀起一陣大浪，小船隨著大浪劇烈搖晃，讓人懷疑會不會就此翻覆。

但是最讓人提心吊膽的還不只有這些，而是那條巨魚的模樣。

小時候，曾去過水族館進行校外教學，那是我這輩子第一次看見真正的鯊魚。當時的我，天真的以為鯊魚就是海中的霸主。直到現在，我才真正明白什麼叫做「人外有人，天外有天」。

兩倍……不，這條巨魚整整有鯊魚的三倍大，巨大的身軀佈滿了銀白色的鱗片，在浪花映襯下閃閃動人。微微張開的血盆大口，感覺只要一口就能連人帶船的將我們給吞進肚子裡去。在那張大嘴的兩側，還有兩條像是拔河繩的巨大觸鬚，讓它的外型看來更加的有魄力。

面對如此巨大的怪物，我和小鐵呆若木雞的僵在原地，目不轉睛的看著牠再度回到水下。

「剛剛那是什麼？」

好不容易我才回過神來，但由於驚魂未定，感覺自己的語氣還在微微顫抖。

小鐵戰戰兢兢的轉過來看我。

「這、這個嘛……我猜應該是尼斯湖水怪……之類的……」

「尼斯湖水怪是恐龍吧？那怎麼看都是隻魚。」

而且為什麼你會知道那個名字？他還是一樣，莫名的熟悉地球文化。

「也是啦……因為體積過於巨大，害我變得不太冷靜。」

嗯……我也不是不能體會你的心情。

「為什麼連你也會被嚇到？你在旅行的時候沒看過更誇張的生物嗎？」

「別把宇宙想像的那麼危險啦……雖然每個星球都有每個星球的生物特色，不過體型大小基本上都差不多，像這麼誇張的品種我也是初次見到。」

是嗎？我還以為宇宙充斥著許多可怕的怪物。

「啊！那傢伙又來了！」

正當我們在對話時，巨魚又再度跳出水面，龐大的身軀激起了大量的浪花，甚至掀起了洶湧的波浪，不僅將船隻弄得搖搖晃晃，就連我們的心靈也跟著受到不小的衝擊。

這傢伙一舉一動都充滿魄力。

「這次是另一邊！」

回到水面下的巨魚僅僅只有稍做盤旋，接著又從船的另一側再度浮現。

總覺得哪裡怪怪的。

這條巨魚是怎麼回事？從剛才開始就一直在我們附近打轉，可是卻又完全沒有要對我們進行任何攻擊，給人的感覺就像是在等待。

過沒多久，牠又再度從水面下跳了出來，這次我注意到了某樣東西。

巨魚的尾巴上有一個奇怪的東西，那是鈴鐺。

相較於牠巨大的外型，那顆金色的鈴鐺看起來非常的小，應該只有巴掌那麼大。儘管隨著巨魚的動作它正劇烈搖晃著，然而湖水卻徹底掩蓋了鈴鐺的聲響。

為什麼巨魚身上會有那樣東西？

那會不會是某種記號，抑或是某種暗示呢？

這樣的話……

「我說，小鐵……」我攀著船身，向目不轉睛盯著巨魚的小鐵提議：「我們來抓那條魚吧！」

聽到我這麼說，小鐵慢慢的轉過來看我，如果他能做表情，那麼他肯定會被我的話嚇得合不攏嘴。

「你說……抓牠？」

「對呀！」

「怎麼抓？」

「嗯……用釣竿抓吧！」

聽見我的回答，小鐵不禁有些踉蹌。

「別開玩笑了！你的腦筋是不是秀逗了？還是想吃烤魚想瘋了？」

請不要把我想成貪吃鬼好嗎？我又不是你。

「我只是想把牠身上的鈴鐺給弄到手而已。」

「鈴鐺？」

「你沒看到嗎？那隻巨魚的尾巴上綁了一顆金色的鈴鐺，我在想那會不會跟守護者有關？」

雖然這個猜測沒有什麼根據就是了。

「聽你這麼一說，我好像也有瞄到……」小鐵喃喃自語。

「不過還是算了吧！你現在應該也沒有足夠的體力這麼做吧！而且你忘了史皮迪怎麼說的嗎？只要靜靜等待即可，實在沒必要做些多餘的舉動。」

的確，撇開巨魚的體型不談，我現在的體力也還沒完全恢復，要怎麼和這條巨魚搏鬥呢？或許我真的該聽從史皮迪的話，選擇靜靜等待就好。

然而，我並不想在這時候退縮。

「抱歉，我已經下定決心了。」

此時我的手上發出了一道耀眼的光芒，接著便出現了一枝長長的釣竿。

「我要上了！」

抓緊釣竿後我馬上大力揮動，將釣線與釣鉤給甩了出去。

「去吧！」

魚鉤在空中劃出了一道美麗的拋物線，接著便沉入水中，只留下浮標在水面上飄呀飄的。

準備就緒！

「溫米，你是認真的嗎？」

「當然！再認真不過了！」

就算被說是逞強也無所謂，我要趁這個時候證明自己的實力。

「好吧……隨便你吧！」小鐵無奈的這麼說道。

等著瞧！我很快就會證明給你看！

這時，浮標被拉入水中。

「來了！」

突然其來的外力讓我立刻繃緊了神經，我將釣竿牢牢抓緊，企圖和那頭怪物進行拉扯戰。

這隻怪物的力氣好大！不過，我當然也不是有勇無謀。

我知道自己必須和這怪物進行角力，為了避免輸給牠，因此這根釣竿會賦予我強大的力量，讓我得以與之對抗。而且我非常清楚，不論我和巨魚的動作有多粗暴，這根釣竿都絕對不會斷裂。

不過光是如此，恐怕還無法達成我的目的。

必須要給牠致命的一擊。

我不由自主的看向竿子上方的一顆按鈕。這將會成為這場對決的致勝關鍵，機會僅此一次，我必須好好把握才行。

總之，多虧了這根釣竿，現在的我依舊可以和巨魚相抗衡。

不過這個狀態大概撐不了多久，我的體力已經見底了。

如果是以最佳狀態進行搏鬥，或許我還可以奇蹟似的取得優勢，但是在體能還沒完全恢復的情況下，已慢慢讓我從勢均力敵的情勢逐漸屈居下風。

即使用盡全力，但我還是覺得自己快要被牠拉過去。

可惡！我就只有這點能力嗎！

沒辦法了！

「嚐嚐這個吧！」

我用最後一絲力氣抓住繃緊的釣竿，並且按下釣竿上的按鈕。

「蹦——！」

剎那間，釣竿頂端憑空出現了一個圓環，它順著釣線慢慢滑入水中。

那便是我的祕密武器——電擊環。

是我從電視上得到的靈感。

那些捕鮪魚的電視節目裡，一流的漁夫總會用各種辦法將鮪魚拉到船邊，然後用一根長長的魚叉給鮪魚致命的一擊。不過偶爾會碰到鮪魚的精力太過旺盛，迫使漁夫必須使出一些手段來攻擊鮪魚。

電擊棒正是其中的辦法之一。只要讓它順著釣線沉進水裡，就能在碰到鮪魚的瞬間運用強大的電流將其給電暈，然後就可以輕鬆的將鮪魚拉上船，而我現在使用的也是同樣的方式。

能夠硬拼取勝或許不錯，不過運用一些小技倆也算是明智之舉。就讓你嚐嚐人類的智慧結晶吧！

成功了！

突然，釣竿發出劇烈的震動，這是電擊環已擊中目標的訊號。

不過還是不能大意，因為我也不清楚這麼做到底能發揮多少效果，不能掉以輕心。

我轉動繞線輪回收釣線，手中的感覺仍舊沉甸甸的，讓人搞不清楚那頭怪物現在是什麼情況。

牠該不會就這麼被電死了吧？

「碰——！」

才剛這麼一想，巨魚就立刻高高躍起，高聳的浪花宛如下雨般不斷落下，洶湧的浪濤也不斷拍打著船身造成劇烈的搖晃。

可惡！不行嗎！

我一邊憤恨的這麼想著，一邊打算重新抓緊手中的釣竿。

電擊環還貼在他的嘴上，釣竿也還在劇烈震動著。

還有機會。

只是……

「啊！」

我本來就沒剩多少力氣，加上釣竿不斷地震動著，使我再也沒辦法將它抓緊。結果被巨魚一拉，釣竿便直接飛了出去。

我也就這麼失去了唯一的武器。

「該死！」

手無寸鐵的我，只能憤恨的看著巨魚的身影，然而牠的攻勢還沒有結束。

「碰——！」

巨魚在離船身不到三公尺的地方跳出水面，瞬間激起了大浪，其晃動的程度已非剛才所能比擬。

「哦哦哦哦哦哦！」

小鐵正驚恐的發出怪叫，而我自然也好不到哪去。

巨魚已不同於以往，現在的牠離我們更近，也更具威脅性。

看來牠生氣了。

電擊還不僅沒能將牠電暈，反而讓牠變得憤怒無比，並開始對我們進行攻擊。因為一時的判斷錯誤，我似乎惹火了不得了的怪物。

「碰──！」

嗚哇！好危險！

這次的衝擊又比剛才還要更加強烈，小船幾乎快要翻覆了，而我也差點從上面掉了下去。

抓著船緣的手已沒剩下多少氣力，我大概快不行了。然而盛怒的巨魚怒火並沒有就此平息，只見牠又再度朝我們逼近。

這次真的完了……

我咬緊牙關，做好掉入湖裡的心理準備。

「比安利！住手！」

就在此時，一個聲音解救了我們。

那隻怪物竟然真的乖乖的停了下來。怎麼回事？

「真是的，我還想說今天怎麼會這麼快就餓了，原來是有兩個不速之客。」

那是一個語調非常尖細的聲音。

「你們沒受傷吧？」

我將頭轉了過去。

卻看見一隻貓站在水面上……

07 討人厭的陷阱

眼前這個畫面應該怎麼形容才對？

穿著衣服的貓咪，不稀奇。

穿著衣服的貓咪用兩隻腳站立，也還好。

但是，穿著衣服的貓咪用兩隻腳站立在水面上說話，是不是有點嚇人呢？想必會讓所有人都嚇一跳吧？

「你們有沒有受傷？」

「沒有……」

眼前的這隻貓咪對我們釋出善意，然而由於太過驚愕，我的反應慢了好幾拍。

「是嗎？太好了。」

貓咪頻頻點點頭。

「只是你們還真是亂來，居然想靠蠻力和比安利硬碰硬，我這輩子還沒看過像你們這麼亂來的人。」

「比安利？」

「對呀！那條魚是我養的寵物——比安利，你們不知道嗎？」

我和小鐵面面相覷的搖搖頭。

「是嗎？史皮迪這傢伙真是……」他嘆了一口氣。

「算了……請容我先做一次自我介紹，我是這裡的守護者之一，名叫辛可。如你們所見，雖然我現在看起來像是一隻貓，但我本來的面貌可是優雅的紳士喔！」

自稱辛可的貓咪深深的一鞠躬。

繼猴子之後，現在輪到貓咪了嗎？外星人還真喜歡用動物做偽裝。

由於剛才場面混亂，讓我直到現在才開始仔細端詳他的外表。簡單來說，辛可是一隻身穿燕尾服的黑白貓。

鮮明的黑白兩色分布非常勻稱，毛色不僅柔順而且充滿光澤，身後還有一條細長的尾巴左搖右晃，看起來非常可愛。

嬌小的他穿著嚴肅的燕尾服，更加凸顯他的可愛。如果史皮迪是狂野的象徵，那麼辛可應該就是可愛的代名詞。

真是個討喜的小傢伙。

「幹嘛？」

這讓我忍不住覷了小鐵一眼。

明明同樣身為外星人，為什麼他們的形象會差這麼多？

這時，巨魚從水面下探出頭來。

「對了，比安利是個生性害羞的孩子。」

生性害羞？你是認真的嗎？我們可是差點被牠淹死耶……

「請問牠身上的鈴鐺是你綁的嗎？」小鐵問說。

「是呀！因為這孩子只要一肚子餓就會浮出水面，那顆鈴鐺是為了提醒我該來餵牠吃飯。因為今天比牠平時吃飯的時間早很多，我感到好奇於是前來察看，結果卻看到你們正在和牠纏鬥。」辛可苦笑地表示。

「你聽得見鈴鐺聲？」

「是啊！因為我的聽力還算敏銳，加上那顆鈴鐺有做過特殊加工，所以不論距離多遠我都能聽見。」

真的假的？我明明什麼都沒聽到，你還真是個順風耳。

是說……原來如此，難怪史皮迪會這麼強調。

原來真的只要靜靜等待就好，因為巨魚只要肚子餓了自然會浮出水面，並且用牠身上的鈴鐺把辛可給叫來。

根本沒必要去搶什麼鈴鐺，完全就是多此一舉……

從剛才開始小鐵就用責備的眼光看我，讓我感到有點不舒服。

畢竟因為我的衝動行事，讓他也跟著吃了些苦頭。

晚點得向小鐵道歉才行。

「好了，在那之前，能不能先告訴我你們兩位的名字？」辛可問道。

「我叫溫米。」

「小鐵，請多指教。」

我和小鐵都老實回答。

「請多指教，溫米、小鐵。」

這時辛可清清喉嚨。

「我大概可以猜到你們來到這裡的目的，我就不用再多說些什麼了，接下來就請你們拭目以待。」

剎那間，突然發生了奇妙的變化。

「馬上就要開始我的試煉。」

周遭的景色竟然慢慢黯淡下來。

「先讓我換個地方吧！」

這不是比喻，而是真的就是如此。周遭的景色就像是被染上了黑漆漆的墨汁，不論是樹林也好，還是平靜的湖泊也罷，甚至是我們腳下的小船，全都逐漸被黑暗給籠罩，並消失在我們眼前。

如此怪異的現象，使我和小鐵都驚訝的說不出話。

這究竟是……？

就在我還沒搞清楚狀況之前，四周又再度發生不同的變化。

宛如舞台布幕被緩緩拉起，漆黑的布幕慢慢地從我們的腳邊開始消失，整個世界又再度重見天日，讓人忍不住鬆了一口氣。然而更令人驚豔的還在後頭，身旁的風景居然全變了。

原本我們還在美麗的湖泊上，但是現在的景象卻完全不同了。連綿不絕的山坡和綠油油的草原，令人有一望無際的自在感。

站在一座小山丘上的我們，明明可以好好欣賞眼前的這片美景，但是現在的我卻完全沒有那個心情。因為僅僅一眨眼的時間，我們就跑到了一個完全不一樣的地方。

我該不會是在作夢吧？

「瞧你們一臉不能接受的表情，是第一次經歷這種事情嗎？」

他正站在一顆大岩石上。

「這到底是怎麼回事？」

「這又沒什麼，我們只是從一個地方跑到另一個地方罷了。」

辛可的語氣輕鬆到像是在聊今天晚餐吃了什麼一樣，但是他說的話卻相當不得了。從一個地方跑到另一個地方？這不就是所謂的瞬間移動嗎？這隻貓咪也太厲害了吧！

「你也不需要這麼驚訝，既然身為這裡的守護者，擁有一些特殊能力也沒什麼大不了的，這樣比較容易對這裡進行全面管理。雖然除了我以外也沒有別人能夠做到就是了。」

辛可鑾不在乎的說道。

雖然他給人的感覺有些臭屁，不過一想到他剛才也是大剌剌的站在水面上，我直覺他應該不是嘴上說說而已，或許他真的比史皮迪還要厲害也不一定。

「好了，既然所有的條件都備齊了，接下來就來說明我的試煉內容。」

辛可舉起右手，朝向自己的下方，也就是我們站的地方說道：「這座小山丘，我事先在某處藏了一條項鍊，你們只要設法將它找出來就算是過關，很簡單吧？」

「意思就是叫我們挖洞？」

「我個人比較喜歡稱之為『尋寶』就是了。」

叫什麼名字根本無所謂，比起這個我更在意一點。

「既然是以找東西來分勝負，也就是說要我們在時限之內找到項鍊對吧？」

不過辛可卻搖搖手表示：「不對！不對！沒有這回事。我並沒有設定時限，不管你們想花多久的時間都可以，只要能夠找到項鍊就行了。」

一時間還以為自己聽錯了，居然沒有時間限制？

小山丘少說也有一座籃球場那麼大，想在短時間內找到一條項鍊，勢必需要一些運氣才有可能。可是如果沒有時間限制，那麼只要把這裡整個翻過來就一定能找得到。

換言之，我們根本不可能會輸。

這算哪門子的試煉？

「當然也不是沒有條件。」此時辛可補充道：「首先，你們只能使用我提供的工具，除此之外的手段或能力一律禁止使用。」

這樣的話，奇蹟禮物箱就不能用了。

「然後，雖然名義上是讓你們一同參加試煉，但你們必須分開行動，不能互相幫忙，也不能有任何交流，舉凡閒聊、肢體碰觸、眼神示意，甚至是心電感應都不可以。」

也就是要我們各挖各的嗎？

這樣一來就只能專心在自己的工作上了，既不能詢問進度，也不能互相幫忙。這麼做有什麼用意？我有些不解。

「另外雖然沒有限制時間，原則上也不能讓你們太缺乏危機意識。因此要不要休息由你們自行決定，不過每次不能超過五分鐘，必須在時限內繼續動作才行。」

第三點就明確多了，算是很柔性的強制勞動。

「總之，只要嚴格遵守這三項條件，不管要花多久的時間我都不會介意。不過只要你們其中一人違反了某一項規定就視為出局，你們就輸了。還有任何問題嗎？」辛可問道。

我試著回想辛可剛才所說的話。

雖然也有附帶條件，但是嚴格來說遠比史皮迪那關還要來的寬鬆，我幾乎感受不到其中的難度與用意，我甚至覺得這場試煉一定能夠輕鬆獲勝。

然而，不知道為什麼，我心中卻還有些莫名的感覺揮之不去。那是一股說不上來的感覺，不知道為什麼，我就是覺得哪裡怪怪的。

可是卻又說不出哪裡奇怪，心裡頭不太踏實。怎麼辦？要發問嗎？

我要在擁有這麼多的優勢下進行質問嗎？

「沒有問題……」

不……還是算了。事到如今，再想這些有的沒的也於事無補，我們只能繼續順水推舟下去。還是把心思放在其他地方吧！

「那麼，請容我做一次最後的確定。這場試煉正如上述內容所說的，不論是誰找到項鍊都算是你們贏了，屆時我便會將下一位守護者的情報告訴你們；相對地，如果你們違反了某一項條件，或是主動選擇放棄，那麼就算是你們輸了，到時就請你們乖乖離開這裡。有沒有異議？」

「沒有。」

我一說出這兩個字，辛可的嘴角便微微地上揚。

「那麼，選一個吧！」

「鏗！」

地上忽然多了許多東西——是鏟子。

有長有短、有方有圓、有新有舊，各式各樣的款式一應俱全。

「請你們各自挑選喜歡的一把來使用。」

每把鏟子的長度都不大一樣，其中還有一些是迷你尺寸，應該是配合小鐵特意做出的調整。

不過該怎麼選比較好呢？

「工欲善其事，必先利其器。」

要想做到事半功倍，順手的工具絕對是必要的。考慮到自身的體力還沒完全恢復，我想重量比較輕的會比較適合我。於是我將那些鑵子一個一個拿起來比較，最終選了一把銀白色的鑵子。

「我要這把！」

至於小鐵則選擇了一把紅色的小鑵子。

見我們終於選定了工具，站在岩石上的辛可兩手一揮，便將地上為數眾多的鑵子全部回收。

他還真是厲害。

此刻的辛可臉上依舊掛著淺淺的微笑，看不出來在想些什麼。

「那麼，我期待著你們的收穫。」

停了一拍，接著就大聲的說：「試煉開始！」

終於開始了，我將手中的鑵子不自覺的握緊。不能再向剛剛一樣失敗，這次非得好好表現不可！

首先就先來確認手中的鑵子到底好不好用，於是我用鑵子直接朝腳邊的草地上挖去。

「哦……」

出乎意料，這邊的地質似乎沒有想像中那麼硬，鑵子很容易就能插下去。

我將那些土挖了起來，並且拋到一旁。

看來並沒有我想像中的那麼困難，而且也不用耗費多少力氣，真是天助我也。

「嘿咻！嘿咻！」

小鐵那邊也進行的非常順利，不過他實在太過矮小，拿著鏟子拼命挖土的模樣，好像是在沙坑裡玩沙的小朋友，看起來莫名的滑稽。由於過程非常輕鬆，很快地我就已經下挖了將近半公尺深，雖說目前還只是個小坑洞，不過照這個進度來看，我應該很快就能挖出一個大洞。

「鏘！」

我好像挖到了某個堅硬的東西。

我繼續朝著那個方向挖呀挖，最後看到一個黃色的東西冒出頭來。

我將鏟子放到一旁，將那樣東西從土堆裡取出。

似乎是一個箱子。

什麼東西？

「溫米，你停下來了唷！」

位在上方的辛可突然向我搭話，明明看不見卻知道我的狀態，看來他的聽覺真的非常靈敏。

「我挖到一個奇怪的箱子！」我大喊。

「哦！那是我埋的，畢竟不能直接將項鍊放進土裡。」

也對，要是這麼做，項鍊會因此受損。

「不打開來是無法知道裡面裝了些什麼喔！」

知道了！我一邊這麼想，一邊將箱子給打開。

「啊啊啊啊！」

然而那只是一個陷阱。僅僅只開了一道小縫，便有一股強烈的刺激感襲擊我的身體。

這箱子竟然放出了電流！

由於完全沒料到會發生這種情況，因此才剛感覺到刺痛的那一瞬間，我便忍不住將箱子丟到了地上，只是雙手仍舊留有些許的電流，讓我還是覺得麻麻的。

「對了！對了！我忘了告訴你們。這下面除了項鍊以外，我還特地準備了一些用來助興的小玩意兒，要是不小心找到了請千萬要小心。」

「你不會早點說啊！」

他一定是故意的！而且剛才我也有聽見小鐵的怒吼，看來他也中招了。

可惡！我就知道事情不會進展的這麼順利，想不到他居然會使出這麼討人厭的手段。

這下我終於明白為什麼史皮迪會在那時候突然變臉，原來是這樣。

走著瞧！

我懷抱著憤恨的情緒再度展開了這場試煉。沒過多久，我又挖到了東西。

是個墨綠色的圓形小箱子。

這次我沒有馬上打開它，而是先用鏟子試探幾下，看看會不會有什麼危險。可是不管再怎麼試都沒有任何動靜。接著我謹慎的將它拿了起來，箱子依舊沒有出現任何異狀。我試著將它放到耳邊輕輕搖幾下，不過什麼也沒聽到。看來只能把它打開進行確認了。

我忍不住吞了些口水。

雖然有可能是一條項鍊，但也有可能是陷阱。

假若是項鍊，那麼這一切就可以結束了。可是如果是陷阱，那麼我就會倒大楣。

怎麼辦？

我是該冒險打開它？還是選擇繼續挖下去呢？

「你又停下來囉！溫米。」

這時辛可又再度向我搭話。

「沒什麼，只是找到了一個箱子而已。」

「是嗎？不打開的話是沒辦法確認裡頭的東西喔！」

囉唆！不用你管！

算了，再怎麼想也於事無補，我決定挑戰看看！

我將手中的圓形箱子打開，裡頭放的是一條白色項鍊。

不會吧？竟然這麼快就被我給找到了。

太好啦！真是太幸運了！

「呀呼——！」

「嗯？找到了嗎？要是找到的話就拿來給我吧！」

哈哈！你也只有現在能夠這麼從容了！我贏了！

我帶著莫大的喜悅爬出坑洞，準備將項鍊拿到辛可面前。

然而……

「碰！」

才剛抬起手的瞬間，項鍊就突然化作黑色的液體爆了開來。黑色的液體朝四面八方飛濺，將我的頭髮、臉頰、胸口，甚至是下半身全部弄髒了。

隨即傳來一股濃重的氣味，是墨汁。

「怎麼了？你找到了嗎？」

看到我被墨汁侵襲，辛可雖然故作鎮定的發問，不過他的表情很明顯是在憋笑。

「沒有……是我看錯了。」

「是嗎？真是可惜……呵呵……」

該死！真是令人火大！

我跳回坑洞裡去，將上衣比較乾淨的部份當作毛巾，打算把臉上的墨汁清理掉。我想這很有可能會越弄越髒，不過現在的我也顧不了那麼多了。

既然他想玩，我當然要奉陪到底！

在那之後，我又打開了不少箱子。裝設彈簧的嚇人玩偶、直衝進鼻腔裡的榴槤臭味、還有臉盆莫名其妙的砸到我的頭上，種種的惡作劇不斷降臨在我的身上。

平心而論，這些惡作劇並沒有造成太大的危害，況且我本來就是一個很會忍耐的人。

可是在氣頭上時，要想告訴自己必須保持冷靜，勢必得花比平時更多的力氣。

況且我的體力早已經所剩無幾，卻還要為了這些惡作劇浪費不必要的力氣，因而造成了反效果。

不論休息多少次，我都無法真正冷靜下來，覺得內心的疙瘩越來越大。

幸虧小鐵沒有在身旁，不然我很有可能會遷怒到他。現在唯一能支持我的，也只剩下獲勝的執著了。只要能夠成功，那麼心中所有的烏雲便能化為烏有，因為我明白勝利的滋味有多甜美。所以現在就忍一忍吧！哪怕全身滿是泥濘也無所謂。

反正像這種程度的惡作劇，我早在很久以前就已經經歷過了，別小看我長期受到欺凌的經歷。

靠著這個想法，不管後來我又被惡整了些什麼，我都能夠一而再，再而三的持續埋首於挖掘作業。

我相信這一切都是值得的。忍辱負重就能成功，我是真心這麼認為的。

但是這個期待卻背叛了我。

「怎麼會……」小鐵無力的表示。

三公尺。

雖然說這座山丘少說也有十幾公尺高，但我想應該不至於埋在這麼深的地方，所以我當初認為挖個三公尺左右就是極限了。

儘管體力有限，不過由於手中的鏟子比預期中的還要好用，即便中間為了打開箱子受到多次的波及，但我仍就持續的挖掘下去。

幾個小時之後，這整座小山丘的高度被我們下挖了整整三公尺。然而，我們並沒有因此找到一條項鍊。

有的，只有被當成陷阱的假項鍊，以及永無止盡的整人玩意兒。

小鐵也和我一樣全身上下髒亂不堪，可是這些辛勞卻沒能換到該有的成果。難道還在更下層的地表？

不……在那之前，我已經不行了。

長時間單調的挖掘動作，不僅將我的幹勁與體力給磨光，更將我的耐性也消耗殆盡。

「怎麼了?你們還沒找到嗎？」

看見辛可的嘴臉，讓我心中所有的不滿終於開始噴發。

「你這傢伙，該不會是在耍我們吧?」

我爬出地洞，衝到他的面前理論。

辛可依舊心平氣和的看著我說：「怎麼會呢！我說過了吧？我事先在某個地方埋了一條項鍊，只要能夠找到並且拿來給我的話，就算是你們贏了。」

「根本就沒有啊！」

我氣到雙手不停地發抖。

辛可的笑意變得更深。

「那又如何？就算是想懷疑我有沒有說謊，那也應該在開始以前就提出疑問吧？現在不管你再怎樣氣憤，試煉的內容也沒辦法更改，可別忘了，當初你們也同意要用這種方式進行試煉的。」

辛可得意的表情宛如終於等到獵物上門般。

「如果你認為不合理的話，大可以選擇放棄這場試煉。不過我可要提醒你，萬一真的這麼做，那就等同於你們輸了，請不要忘了這也是你們答應的條件。」

雖然還在氣頭上，但是我實在無力反駁。

他說的對，確實不論是試煉還是條件都是我們親口答應的，這時才提出質疑，站不住腳的只會是我們。

就算剛開始提出的內容有瑕疵，可是只要沒有在當下提出質疑就等同於默認，事後不管再怎麼無理取鬧也是白搭，因為這是在雙方皆認同的情況下所做的試煉。

現在我們能夠做的，就只有繼續挖掘下去，或是選擇放棄。

這傢伙打從一開始就沒想過要和我們正面對決，而是選擇以這樣的方式讓我和小鐵參加一場沒有終點的試煉。

所以即使我們不放棄的繼續挖下去，也永遠沒有辦法取得勝利。

「我再說一次。這場試煉是要將藏在某處的一條項鍊找出來，不想再做下去的話大可以選擇放棄，並且乖乖離開這裡。」

現在的局勢對我們極度不利。

沒有察覺到他的意圖，並提出質問是我的錯。明明史皮迪都特意提醒我們了，我卻還是被這樣牽著鼻子走。

啊！我真是太失敗了！

接下來到底該怎麼辦才好！

「嗯咳咳！啊——啊——！麥克風測試！麥克風測試！」

就在我的腦袋快要爆炸時，小鐵卻突然做出怪異行徑。只見他將手中的鏟子湊到自己的嘴邊。

這是要做什麼？

「那麼！小弟我接下來將會為各位帶來一首自創歌曲！還請各位賞臉！」

我完全無法意會過來，只能傻傻的看著他。

「那個……你在做什麼？」

就連本來還很得意的辛可也似乎無法理解。

「我要唱歌。」

「這我知道……不過我想問的是為什麼要唱歌？」

「也沒為什麼，只是一直重複無聊的動作實在很難提起幹勁，所以我才要唱歌助興一下，你有意見嗎？」

「呃……這個……」

聽到小鐵一臉理所當然的答覆，辛可的表情僵住了。

能言善道的他居然也會詞窮。

「那些條件裡頭有提到試煉中不能唱歌嗎？」

「好吧……雖然不知道你想做什麼，不過想唱就唱吧！」

無可奈何的辛可也只好妥協。

應付完他之後，小鐵又重新拿穩手中的鑵子。

「那麼我要唱囉！請各位仔細聆聽這首『少年請聽我說』。」

咦？

小鐵沒有理會我的疑惑，開始自顧自的唱了起來。

「少年呀——請別任由自我放縱——少年呀——請別陷入情緒波動——」

小鐵才剛開口，我就覺得自己的血壓跟著飆高了。

「訴諸一時衝動不能解決難題——把持冷靜態度才能面對任何事宜——」

我說，你唱的太露骨了吧……

「細細回味字字句句的韻調——方可尋獲朝思暮想的信物——」

而且你的音準為什麼會點古怪……

「少年呀——請冷靜下來聽我說——少年呀——請別總是陷入迷惘——」

還有這段明明就跟剛才一模一樣，為什麼這次卻是RAP！

「少年呀——請冷靜下來聽我說——少年呀——請別總是陷入迷惘——」

煩死了！你是要唱幾遍啊！

也許是興致來了，他竟然還擺出了意義不明的結束姿勢。

「怎麼樣？雖然只有一小段，但我有預感這會是大作！」

「是啊……我也這麼覺得……就算拿幾座大獎也沒什麼好意外的……」

「哈哈哈！真不愧是在故鄉被譽為天才音樂神童的我！」

竟然可以自我感覺良好到這種地步，剛才的那首爛歌到底有哪裡好聽……

這傢伙還是老樣子，樂觀過了頭。不過多虧了他的演出，總算讓我察覺到一件事。剛才似乎因為氣上心頭，讓我犯了一個思考上的錯誤。

我開始重新檢視辛可先前所說的話。

「這座小山丘，我事先在某處藏了一條項鍊。」

我預設了立場，認為辛可從頭到尾都在說謊。
「不管你們想花多久的時間都可以，只要能夠找到項鍊就行了。」
可假如他並沒有這麼做，而是真的有這麼一回事呢？
「你們必須分開行動，不能互相幫忙，也不能有任何交流。」
那麼，或許這就代表他的目的不在那裡。
「原則上也不能讓你們太缺乏危機意識。」
抑或是打從一開始，他就已經讓我們自動忽略了一個地方。
「原來如此……」
因此，我將手中的鏟子插到地上，「還有多久就五分鐘了？」
聽見了我的疑問，辛可露出一抹淺笑。
「還有十秒鐘，真是遺憾。」
「是呀！太遺憾了。」
我決定乘勝追擊。
「既然這樣，可以請你把腳移開嗎？」
「如果我說不要呢？」
「那就不要怪我手下不留情。」
這句話，讓辛可的笑意更濃了。

賓果。

「好吧！我也只好乖乖投降了。」

辛可雙手一攤，並從岩石上走了下來。

「請吧！」

我立刻用全力將鏠子砸向那顆岩石。

「磅！」

應聲裂成兩半的岩石，居然並非實心的，在那之中，有一個看起來特別顯眼的銀色箱子擺在那裡，我毫不遲疑的將它打開。

裡面放的正是一條項鍊。

我將它拿在手上，既沒有受到電擊，也沒有被墨汁攻擊，在手中閃爍的項鍊，看起來是那麼的光彩動人。這一刻，我確信我們成功了。

「恭喜你們通過了我的試煉。」

08 爲了故鄉

「哎呀！想不到你們竟然能看穿我的計謀，還真是厲害。雖然結果是我輸了，不過還是由衷的替你們感到高興，恭喜！恭喜！」

儘管聽起來像是在讚美我們，但不知道為什麼，我完全無法從中感到一絲喜悅，反而有股衝動想把這隻貓狠狠的痛扁一頓。

一想到自己居然被這隻臭貓設下的圈套耍得團團轉，心底就湧起一股衝動想把手中的項鍊砸到他的臉上。

要不是小鐵在一旁拉著我的褲管，或許我真的會這麼做。

真是討人厭的傢伙。

「眼神真可怕，你還真是個坦率的孩子。」

辛可並沒有因此表現出一絲怯懦，依舊顯得老神在在。

「我能明白你的感受，被人捉弄到這種地步，脾氣再好的人也會生氣。運用一些惱人的手段來擾亂對手的步調，雖然並不光彩，但確實能達到我的目的。」

只見他的嘴角正微微上揚。

「那還真是要謝謝你讓我們吃到這麼多苦頭。」

一想起來我又忍不住氣得咬牙切齒。

「關於這點我也只能跟你們說聲抱歉，畢竟身為一名守護者，本該想盡辦法讓挑戰者知難而退。」

辛可聳聳肩。

「當然，我萬萬沒想到你會用那種方式打破僵局。」

說著說著，他將視線移到了小鐵身上。

他指的是小鐵唱歌的那件事嗎？雖然那從頭到尾都像是一場鬧劇，不過也多虧了小鐵不計形象的演出，我才能察覺到其中的盲點。

「哼！這要怪你自己太多嘴了，要不是你為了激怒溫米刻意說那麼多話，我也不會注意到那個地方。」

「原來如此，看來是我自己不打自招。」

嘴巴上雖然這麼說，實際上卻一點也沒有懊悔的樣子出現在他臉上，看起來還是很愉快的模樣。

真讓人搞不懂他在想些什麼。

話說回來，要是沒有小鐵機靈的反應，我想我們應該會一直被辛可玩弄下去吧！感覺自己雖然也有盡一份心力，可是不管是史皮迪，還是辛可的試煉，最關鍵的始終都是小鐵的機智反應。

即便當初是他向我尋求協助，不過相較之下，我似乎沒有發揮太大的功用，這讓我感到有些洩氣。

這時，辛可從我的手上拿走了項鍊。

「這東西我就收下了，再次恭喜你們完成了我的試煉。按照約定，我會將最後一位守護者的線索告訴你們。」

接著辛可舉起一隻手，指向遠方的一座山丘。

「看到那座山丘了嗎？只要越過那裡就會到達下一個地區，你們會在那裡看見一個洞窟。只要在洞口附近稍微巡視一下，就能夠在那裡找到最後一位守護者的蹤影。」

「你說的是真的嗎？」

因為他的說明太過於簡單乾脆，讓我不禁產生了懷疑。

「疑心病真重……算了，反正只要到了那裡，你們就一定能找到人。」

「你還真是肯定。」

這點倒是和史皮迪不一樣。

「因為他就是那種個性的人。」

我有點想追問這句話的意思，不過辛可看起來似乎不打算繼續說下去。

「總之，我能告訴你們的也就只有這麼多了，剩下的就請你們自己好好努力。」

說完，辛可突然雙手一拍。

剎那間，我和小鐵全身都被有如星光閃爍般的點點光輝給包圍住，由於這個突如其來的奇妙現象，讓我頓時感到錯愕不已。

那些光輝一閃一閃的發出柔和的光芒，同時也讓我注意到更驚人的變化。

那些穿在身上，受到劇烈運動，還有方才被惡作劇摧殘的衣物，像時光倒轉一樣，再度變回本來的樣子，不再是不成原形、髒亂不堪的模樣。不僅如此，在我肌膚上那些大大小小的傷口與污垢也都消失不見，就連累積在體內的疲勞與痠痛，也在這一刻全都灰飛煙滅。

我的身體就這樣回到了最佳狀態。

這也太神奇了吧？

「這就當作是我個人的一點補償，我不想讓你們用這麼難堪的模樣去和陌生人見面，會嚇到對方的。」

最後那幾個字是多餘的，我暗自在心裡面吐槽。

這傢伙真的很懂得怎麼惹火別人。

※※※

與辛可分開之後，我和小鐵便朝向他指示的山丘前進。

原本要休息好長一段時間才能恢復的體力，在辛可的幫助下終於全部恢復了，現在的我走起路來已不像剛才在森林裡那麼吃力，腳步也比當時還要輕盈。

至於小鐵則是坐在我的肩上，沒有任何改變。

由於缺乏樹木的遮蔽，頭頂上那顆不知道是真是假的太陽直接照在身上，讓我覺得有些炎熱。

即使不希望塵土會飛進我的眼中，不過這個時候還是希望能來點微風解解悶。話說回來，這裡的環境還真是多變，既有森林又有湖泊，還有現在腳下滿是草地的丘陵，而且每個地方的面積都十分廣闊，真不知道眼前的那條地平線能夠延伸多遠。

這裡到底是人工創造出來的空間，還是自然形成的地理環境，我越來越搞不清楚了。外星人的技術真是越接觸越不能理解。

無論如何，這一切都會結束。

此時的心情……就好像在玩一款難度很高的遊戲，雖然過程一點都不輕鬆，甚至讓人有一股想要摔把手的衝動，然而每過一關，心裡頭都會累積一些成就感。

現在，還差一點就能將那種感觸確實的化為喜悅，將空乏的內心整個填滿。不得不說，那是會讓人上癮的一種快感。

只要再通過一次試煉，我們就能……

「溫米……喂！有聽到嗎？」

「啊！怎麼了？」

「你走偏了，不是這邊是那邊才對。」

聽見小鐵的提醒，才發現自己稍稍偏離了本來的路線。

「抱歉……我剛才不小心恍神了。」

我一邊道歉，一邊調整路線。

「你在想些什麼？這麼專心。」小鐵好奇地關切。

「也沒什麼，我只是在想我們好不容易來到第三關。」

也不是什麼不能說的祕密，所以我老實回答。

「這樣啊……也是，已經近在眼前了……」

他眺望著遠方，一副若有所思的模樣。說起來，比起過關所獲得的成就感，小鐵似乎更在乎實質的寶物。

儘管還不知道守護者守護的東西到底是什麼，只是小鐵為了得到它，甚至不惜向我彎腰低頭。

他那副模樣，直到現在仍深刻的停留在我的腦海裡。

究竟是為了什麼讓他如此執著呢？坦白說，我之所以會願意提供協助，有一部份的理由是因為好奇心。

我很想搞清楚其中的緣由。

「那個，小鐵……」

於是我吞了一口口水後說道：「為什麼你會這麼想要得到寶藏？」

我直接了當的問他，雖然我也想表達的婉轉一些，不過到頭來還是不知道該怎麼說才好，畢竟我幾乎沒有和其他人接觸的經驗。

「這麼說來，我好像還沒跟你說過那件事。」

小鐵並沒有馬上說出來，而是緩緩轉過頭來看著我。

「也不是什麼大不了的理由，你確定要聽嗎？」

「我要聽。」我點點頭。

「那好吧！我這就詳細的說給你聽。」

隨後他停了一拍，接著說：「我出生的星球——布卡布羅星，是個生態環境十分嚴峻的星球，豐富多變的地形氣候，造就出許多可怕的動、植物，別說是要找一個安定的棲息地，要想生存下去都不是件容易的事。身為那顆星球的居民，我們奧文斯人雖然並不是什麼強大的物種，不過憑藉著前人累積下來的經驗，好不容易才成為少數得以繁衍至今的民族。」

我們的星球感覺很像是地球上的南極，經過先人的犧牲與科技的發展，才終於讓我們可以克服冰天雪地。

「要想在那樣的環境下維持生存的動力，除了必須要擁有足夠的空間，還必須想盡辦法填飽肚子才行。透過採集或農作的方式僅能取得非常有限的食物，但至少還能夠維持族人的生活。」

雖然生存不易，但至少他們還能溫飽自足，再也沒有比這樣更來的幸福了。

「可是，我們並沒有樂觀的看待這件事。」

小鐵豎起一根指頭。

「地球上的農業不是有所謂的輪耕制嗎？那樣不僅能提高產量，最重要的是可以避免對土壤造成危害，進而影響到日後的農業活動，我覺得那是很棒的方案。」

是這樣嗎？雖然這個名詞我曾在歷史課本上看過，不過歷史老師並沒有特別講解，我也就不是很清楚了。

「然而，只能在有限的空間裡苟延殘喘的我們，唯有將僅有的土地資源做到最大限度的利用才能繼續生存，並沒有多餘的心力去實施這樣的農業制度。」

小鐵黯然地表示：「也因此，即便目前為止一切看起來都還算順利，但是農作物的產值卻一次比一次還要少。再這樣下去，遲早會陷入糧食不足的危機。」

這算是杞人憂天嗎？

我不這麼覺得，或許正是因為奧文斯人有著高度的危機意識，所以他們才能在惡劣的環境中成長茁壯。

「於是我們決定不能再繼續安於現狀，而是要想辦法改善這方面的問題，所以包括我在內年輕的奧文斯人決定開始行動。其中的一群人負責採取比較便捷的方案，也就是去其他星球尋找可以替代的資源；剩下的人則留下來研究布卡布羅星上的環境，希望能藉此找到足以改善環境的變數。」小鐵滔滔不絕地說道。

「不過為了進行研究，光靠我們僅存的資源是不夠的，為了分析出更多的資訊，勢必得投入大筆資金購買更好的器材才行。這對卯足全力生存的我們而言，並不是一件容易辦到的事。」

小鐵又繼續說：「當然，這不代表我們打算就這樣放棄。為了湊出足夠的經費，我們運用了各式各樣的手段進行籌錢，並且積極接觸各界人士，不放過任何機會。不過這樣做所能得到的成效非常有限，就算動員了不少人，可是離目標金額還是有很大的差距。然而就在我們傷透腦筋的時候，居然出現了一個轉機。」

此刻，他將自己的音量放低。

「我們找到了一個願意提供協助的人。對方是一名非常有錢的富豪，與他經過多次的會談之後，終於成功的說服他提供金援，不過條件則是必須幫他找到寶藏。」

「啊……難道說那張寶藏圖……」

故事一下子就切入了核心，讓我忍不住脫口而出。

「沒錯，那名富豪的興趣是蒐羅各式各樣的寶物，他的家中到處都擺滿了他用來炫耀的戰利品，可以說是個狂熱的寶物愛好者。不過因為他的年事已高，無法再像以前一樣四處去探險，所以才會藉著這個機會，將他握有的數十張藏寶圖全部交給我們。只要能幫他找齊所有的寶藏，他就會贊助我們大筆的研究經費。至於之前我拿給你看的就是裡面其中一張。」

原來如此，這下我總算是弄清楚事情的來龍去脈了。

本來以為小鐵只是單純為了尋寶而來到地球的旅行者，想不到尋寶的背後竟然還有如此沉重的理由，難怪他會為了寶藏這麼拼命。

「對不起。」

小鐵忽然向我道歉。

「你為什麼要道歉？」

面對這突如其來的舉動讓我感到有些疑惑。

「這明明是我們自己的問題，我卻還是厚著臉皮的將你牽扯進來，讓我覺得自己做了一件很過份的事……」

是在說這個啊！雖然他看起來呆頭呆腦的，但或許他的心底一直很不安吧！

「別這麼說，這又不是什麼壞事。我現在反而覺得你很了不起，這是很高尚的一種行為。」

總是獨自一人的我並不擅長讚美別人，不過這句話絕對是我的肺腑之言。

「所以你不要因此而感到歉疚，反而應該要更加抬頭挺胸才對，不然協助你的我豈不是會很沒有面子？」

這只是一句玩笑話，雖然我覺得有點牽強，不過我想對他而言應該多少還是有些影響吧！

「謝謝你，溫米。」

雖然音量很小，可是我依舊感到很溫暖。

有他這麼一句話就夠了。

不知不覺，我們爬上了小山丘的頂端。這座山丘並沒有很高，但是站在山頂仍舊感到視野變得更加開闊。

眼前出現的景色是山谷及遼闊的平原，平原的兩旁被連綿不絕的山丘給環繞，中間則是平緩的U字型平原，佔地面積非常廣，完全看不到前方的盡頭。

這個獨立次元到底要大到什麼地步才會甘心……

不管了，接下來該怎麼做？

記得辛可有提到一個洞窟，我想應該就是在山谷的某處吧？在四處張望後，我發現了平原右方的峭壁上有一個洞窟，那應該就是我們要尋找的目標。

「走吧！」

事不宜遲，我決定立刻動身前往。

心中的雀躍情緒正在逐漸高漲。

※※※

「這還真是……」坐在肩上的小鐵發出感慨。

雖然我有點想吐槽他的反應，只不過我現在的心情也差不多是這樣。

我從山頂走下來後，接著便在平緩的平原上慢慢的行走，雖然視野很好不用害怕會迷路，不過還是花了不少的時間。

在到達洞口之前，其實我並沒有想那麼多，但是離目的地越來越近時，我才注意到眼前這個景象有多麼不尋常。

我終於知道我為什麼能從那麼遠的地方看見這個洞窟，因為這個洞窟非常巨大。我必須要將脖子抬得很高才能看到入口的頂部。

站在它面前，讓我深刻體認到自己的渺小。這麼大的地方是要給誰住啊？有那麼一剎那，我聯想到了守護者的身影。

不！不！不……要是真是如此，對方豈不是巨大無比的大怪物嗎？那樣的話根本連比都不用比，我會像螞蟻一樣被踩扁的。

拜託千萬不要……

「真是稀客，不知道有多少年沒遇見外人了。」

忽然，我的後方傳出一個聲音。我立刻回過頭去，可是卻沒看見任何身影。

「不是那邊，上面一點、上面一點。」

於是我順著他的指示將目光往上移，只見有一隻老鷹站在樹枝上。

這是我生平第一次遇見老鷹。

貓咪自然就不用說了，以前去校外教學的時候，就曾經在動物園裡看過猴子。不過老鷹我只有在課本或圖鑑上看過，像這樣近距離接觸實物還是第一次。

不過，眼前的生物似乎跟我想像的不大一樣。

儘管他的確有著老鷹該有的特徵，漂亮的羽毛整理得有條不紊，壯碩的體格看起來強而有力，加上那緊抓樹枝的尖銳腳爪，以及那彎曲的鷹嘴，徹底展現出非凡的氣勢。

只不過眼前這個傢伙，實在很難將他和威武兩個字放在一起。

首先，他沒有一雙銳利的鷹眼，取而代之的反而是一雙死魚眼，讓人完全無法從中感受到任何幹勁。

而且即便他站在樹枝上，可不知道為什麼他顯得有氣無力，明明有著壯碩的體格卻不挺起胸膛，反而縮成一團不成模樣，徹底糟蹋了他所擁有的完美體格。

但這還不是最糟糕的，最令人匪夷所思的是他說話的方式。

「你們好。」

為什麼他要用那麼懶散的口氣說話？

老鷹不是應該要擁有足以響徹雲霄的嘹亮嗓音嗎？這隻有著一雙死魚眼，並且看起來毫無精神的老鷹到底是怎麼回事？

「你就是最後一位守護者嗎？」

由於心中難掩失望，讓我的語氣聽起來有些無奈。

「嗯？啊……沒錯，我是最後一位守護者。」

不過他絲毫沒有察覺到我心中的失落，依舊是以十分無力的語氣說話。

「我是這裡的守護者之一，我叫哈尼斯特，請多指教。」

你一定要用這種語氣說話嗎？

這年頭的外星人該不會都是這副德性吧？明明擁有完美的擬態能力，然而不是像史皮迪或辛可一樣打扮過了頭，不然就是像眼前的這位死魚眼老鷹一樣毫不考究。

相形之下，小鐵偽裝成玩具士兵或許還比較好。

「那個……」

連話都說不到一半，哈尼斯特卻突然噤口做出了思考的動作，似乎是忘了自己想說什麼。

這傢伙沒救了。

「對了……試煉，我必須和他們進行試煉。」

哈尼斯特看向我們。

「我想你們應該是完成了……呃……前面兩名守護者的試煉才來到這裡的吧？竟然能夠打敗他們，你們還真是厲害。」

他該不會連自己同伴的名字都忘了吧？

「不過……嗯……你們的好運也就到此為止，接下來我不會再讓你們繼續肆意妄為，一定會在這裡阻斷……呃……你們的野心。開場白好麻煩啊……」

不想說的話就不要勉強自己說……這樣反而會讓人更加厭煩。

「唉……總之在開始之前，我就先告訴你們一個好消息。你們正在尋找的那個寶藏，就在這座洞窟深處的某個地方。」

我還以為自己聽錯了。不過當肩上出現輕微疼痛之後，我才驚覺自己並沒有聽錯。小鐵的雙手正牢牢抓住我的肩頭。

「這樣好嗎？這麼輕易就告訴我們這個重要的訊息，你該不會是在騙我們吧？」

即使故作鎮定，但我能清楚感受到小鐵他正在微微顫抖。

「有什麼關係，反正是事實。」哈尼斯特相當不以為然。

各方面來說他都太隨便了，為什麼這種傢伙會成為守護者？

「那麼，接下來我要說的是試煉內容。現在既然你們已經知道了寶物的所在地，那麼只要你們能夠順利找到它的話就算是你們贏了，這樣如何？」

哈尼斯特目不轉睛的看著我們。

「就這樣？」

「沒錯，只有這樣。」

「也太隨便了吧？」

結果我還是說出口了。

這傢伙到底有多懶散啊……

既不是史皮迪那樣激烈的追逐競賽，也沒有如辛可那般利用規則混淆視聽的試煉，哈尼斯特僅僅只是交代一下我們該做什麼，然後就沒有下文了。

與其說是試煉，不如說他根本是想放牛吃草。

「話別說得太早，我只是叫你們進去找寶藏，我可沒說這座洞窟是安全的。」

哈尼斯特強調：「裡面有一些……嗯……意想不到的東西會擋住你們的去路，你們如果真的想要得到寶藏，就要想辦法克服才行。」

意想不到的東西？那是什麼？這裡頭還會有什麼驚人的生物嗎？

雖然我很想要他現在就把話說清楚，不過我想就算問了也是白問。連說明都如此隨便，還是別指望他會大方告訴我們。

「那麼，就請你們好好加油。」

語畢，哈尼斯特忽然展開他的翅膀揮動了幾下。

「給我慢著！」見到他這麼做，我慌忙地叫住他。

「該說的我不是都已經說了，還有什麼事？」

「當然還有！你這是要去哪？」

「我累了……想回去休息。」

「你不用看著我們嗎？」我又忍不住脫口而出。

「幹嘛要做這麼麻煩的事啊？反正你們只要贏了就可以得到寶藏，我在不在不是都一樣。」

這算什麼？也太隨便了吧？

「怎麼辦？」已經不知道該怎麼形容這隻老鷹，於是我改問小鐵。

「無所謂，這樣反而更好。」

不過小鐵似乎一點都不想挽留他。

「是嗎？那你們好好加油吧！」

哈尼斯特再次揮動翅膀，咻地一聲，瞬間就飛到了半空中。瞧他如此矯健的身手，我的心裡頓時感到五味雜陳。

「真是個特立獨行的傢伙。」

「哈哈！宇宙中很多這樣的人。」小鐵豪爽地說。

如果宇宙中真的到處都有這樣的傢伙，那還真是令人高興不起來。

「唉……算了，我們走吧！」

「嗯！」

無論如何，我們都要順利破關，我倆朝著洞窟的入口處前進。

09
克服心中的恐懼

和巨大的入口處相比，內部的空間雖然沒有那麼誇張，不過也很寬敞。光線越來越微弱，因此只前進了一小段距離，我便用奇蹟禮物箱做出一支手電筒，用來照亮前方的路。

我的腳步聲在岩壁之間形成回音，增添了幾分緊張感。

我和小鐵皆不發一語，默默的留意著周遭的環境。根據哈尼斯特的說法，只要能找到寶藏，就等於是通過了他的試煉。雖然我想那個嫌麻煩的老鷹只是順勢將兩件事情湊在一起，不過多虧他這麼做，讓尋寶的步驟變得更加簡單。

只要繼續向前進，就一定能找到寶藏。當然我不認為事情會這麼順利，或許這裡會像迷宮一樣複雜，也有可能設置了許多陷阱。我很在意哈尼斯特所說的意想不到的東西，因此絕對不能大意。可不能就這樣功虧一簣，我必須更加小心謹慎才行。

基於這個想法，我現在的警戒心幾乎提高到最高層級，即使看起來是普通的岩壁，我也會將它當作是滿布機關的可怕陷阱，提醒自己絕對不能大意。就這樣不斷地前進，接著我們走到了一個分岔口。

原本只有一條的通道一分為二，左右兩邊各有一個洞口。

「溫米，要走哪？」坐在肩上的小鐵發問。

既然道路一分為二，那就表示兩邊各自佈置了不同的陷阱？還是說這其實是在暗示，一邊是比較簡單好走的路，另一邊則是充滿危險的死路呢？

嗯……

算了，一直在這邊瞎猜也不會有結果，還是乾脆一點好了。反正真的遇上難關，也可以靠奇蹟禮物箱來化險為夷。

「左邊。」

於是我決定從左邊的洞口繼續前進。

不過……

「唔！」

馬上就遇上了阻礙。剛要踏進左邊的入口時，前方彷彿出現一股力量硬是將我給推了回去，使我往後方退了幾步，險些跌倒。

「你沒事吧？」

「我沒事。」

剛才是怎麼回事？難道說走這邊不行嗎？

儘管有些困惑，但我很快就提起幹勁，這次換從右邊進去。只是事情並沒有想像中那麼簡單，我又再度被不明的外力給推了回去。

搞什麼鬼……兩邊都不能走嗎？

「我們被困住了？」

「不知道……我也是頭一次遇到這種狀況。」

小鐵也顯得十分困惑。

他從我身上跳了下來，然後走到兩個洞口前蹲下，只見他先是用手拍拍地板，接著又站起來拍拍洞口附近的牆壁，似乎是想要找出奇怪的地方。

「真奇怪，找不到任何被動過手腳的痕跡……」

不過好像沒什麼收穫。

怎麼辦？是不是應該回頭看看？雖然一路上沒發現什麼奇怪的異狀，不過會不會是有什麼隱藏的通道呢？

「啊……」

就在我快陷入思考時，小鐵忽然驚呼一聲。我抬頭一看，居然看見他走進了左邊的入口。咦？怎麼突然可以進去了？

「原來如此，我好像有點懂了。」小鐵小聲的喃喃自語。

什麼意思……我才正要開口詢問，小鐵就看著我說：「溫米，換你過來試試看。」

我乖乖的走到他的身邊。然而就在我左腳想踏進去的那一瞬間，我又再度感受到一股推力。

由於已做好了心裡準備，所以我馬上就站穩腳步看向小鐵，卻發現他依舊站在入口的另一側，絲毫沒有移動半步。

「為什麼只有我一直被拒於門外……」

我感到有些洩氣。

「不是的，並不是你被拒絕，而是機關已經啟動了。」小鐵安慰著我。

「什麼機關？」

「詳細的情形我也不是很清楚，不過如果要形容的話，大概就是類似小型追蹤器的一種機關，雖然難以察覺，但是卻可以發揮很強的力量。」

莫名了解地球文化的小鐵這麼描述，讓我多少能理解現在的狀況。

「我想這或許是某種可以限制人數的結界，限制每個入口只能容許一個人進入。」

原來如此。因為剛才我們兩個人一起行動，所以才會一起被推開。

幸好並不是我一個人被困在這裡，這令我鬆了一口氣。只是這樣一來，我們就必須分開行動。

「看來也只好這樣了。」我嘆了一口氣。

「那麼我就走這邊囉？」小鐵用手指著自己的後方。

我點點頭。

「雖然不知道出口是不是在同個地方，不過我們也只能在另一頭會合了。」

「沒有問題。」

於是我們各自朝著不同的方向前進。

※※※

約莫過了十幾分鐘，從右邊的洞口繼續前進的我，仍然沒有遇到任何東西。

鬆的通道？

虧我一直保持警戒，然而卻沒能發現任何異狀。難道說我的運氣不錯，挑到了比較輕

不，我搖搖頭，將這個念頭甩掉。

沒錯，還不能大意。還不知道會發生什麼事，這是最後關頭，我不能因為一時大意而功虧一簣，凡事都必須做好最壞的打算。我提振精神，再度小心翼翼的向前邁進。

寬敞的空間顯得特別幽靜，唯有自己的腳步聲從不間斷的迴盪在耳邊，緊握手電筒的右手手心正微微的冒著汗。

感覺我似乎變得比剛才更加神經質。這也難怪，一直坐在肩上的小鐵突然不在身邊。我也只能孤軍奮戰。說起來，身處在黑漆漆的洞窟裡頭，小鐵能夠憑肉眼看見前方的通道嗎？

他該不會是想緊貼牆壁慢慢前進吧？

還是說他有什麼妙招可以讓他在黑暗中不迷失方向。

是用能力變出小火球嗎？

還是像無敵鐵金剛一樣眼睛發光？

忽然間，我才發現自己一點都不瞭解小鐵。儘管兩人一路聯手奮戰到這裡，但我對他並沒有太深入的了解。我唯一知道的只有他身為外星人的身分，以及他對故鄉的期許和努力而已。

小鐵的外表是一個滑稽的玩具士兵，雖然很會搞笑，不過在關鍵時刻總會變得非常可靠。要不是有他在，我可能早就已經棄械投降了。

我猜他應該是個很有故事的人。不知道他肯不肯多說一些自己的事？等到事情全部結束以後，再來和他好好聊聊吧！

這時突然從後方傳來一個聲音。

我立刻用手電筒照亮後方，但卻沒有看見任何東西。是錯覺嗎？我有些不以為然的聳聳肩，並決定不予理會。

「呼咻咻！」

可才剛轉過頭，便又再次聽到同樣的聲音。那是聽起來非常詭異的呼吸聲，而且離我很近，這使我更加緊張。

「不要緊，冷靜一點。」我一邊在心中默念這句話，一邊試圖安撫自己。

坦白說，我的膽量其實很小，尤其對怪力亂神之類的事物更是沒轍，每當不小心走到了人煙稀少的地方，我總是會忍不住胡思亂想，自己嚇自己。

即使習慣了一個人獨處，但我絕對不會一個人去陰暗的場所。然而偏偏現在卻是這種情況……

心跳速度從剛才開始就一直慢慢攀升，甚至越來越聽得見它的跳動聲。振作一點……怎麼可以自亂陣腳？

我不能因為害怕就想要退縮。沒錯！我必須拿出勇氣才行！我下定決心，決定再度回頭一探究竟。

「噫！」

僅僅只是對看一眼，我便嚇得倉皇逃開。

居然有個滿布血絲的大眼睛正狠狠的瞪著我！

一點都不誇張，真的是很「大」的眼睛。明明眼前一片漆黑，卻依舊能夠清楚看到一個比我身形還要巨大的眼睛，他不光是死盯著我看，而且眼神看起來非常凶悍，使我直冒冷汗。

這該不會就是所謂的阻礙者吧？

別開玩笑了！這已經超越了我能理解的範圍！我死命的向前跑，想要徹底甩開那個來路不明的異形。

「呼咻咻！」

然而這個聲音又再度出現在我身邊。

不會吧！已經追上了嗎？

我已經用盡全力在逃了！

那傢伙到底是什麼鬼東西！

腦袋裡面一直被一些不好的念頭給影響，完全沒辦法正常思考。不行！再這樣下去只會讓自己變得更加恐慌！

我必須勇敢面對才行！於是我停下了腳步，憑著一股衝勁轉過頭去。

放馬過來！不管你是什麼東西都無所謂！我會用我的力量將你打得落花流水！

只是，我並沒有看見剛才的大眼睛。

原本還在我後頭的他突然消失了。

「可惡！跑哪去了？」

就連那個詭異的呼吸聲也消失了，四周又再次回到原本的寧靜。但是我並沒有因此而放鬆，反而變得更加緊張。

可惡！竟然給我要這種猴戲？要是被我抓到了，我一定會要你好看！

「給我滾出來！」

或許是因為惱羞成怒，我的情緒莫名的有些亢奮。

「出來！你這孬種！」口氣也變得相當粗魯。

可是不論我再怎麼罵、怎麼亂叫，始終不見大眼睛的蹤影。

該死！他到底在哪裡？

「呼咻咻！」

正當我心中充滿了疑問，我又再次聽見了他的呼吸聲，是從上方傳來的。正在氣頭上的我毫不猶豫的將手電筒往上一照。只是當我看清楚他的面貌以後，我立刻被嚇得說不出話來。

出現在我眼前的是一頭真正的怪物。巨大的眼珠從旁伸出了無數的觸手，吸附在洞穴上方蠕動個不停，我從沒見過像他這麼令人難以形容的可怕生物，硬要形容的話，我想應該比較接近章魚的突變體。

只是他比真正的章魚還要可怕一百倍，太詭異了。我被嚇得兩腿發軟，忍不住癱坐在地上，身體完全不聽使喚，不停地顫抖。

「呼咻咻！」

章魚怪物從洞穴上方掉到了地上。他依舊牢牢的緊盯著我，似乎是對我產生了濃厚的興趣。

心中不斷湧現出不好的想法，我很想趕快從他的身邊逃開。然而不知道為什麼，身體就像是機器故障般只會抖個不停，完全沒有照我的想法行動。

可惡！快動啊！再不走的話真的會不妙！

明明心中焦急萬分，可是我連想用手拍打自己的身體都做不到，只能戰戰兢兢的和怪物大眼瞪小眼。

「難道只能祈禱了嗎？」我焦急的這麼想著。

可是那又有什麼用！

忽然間，那傢伙居然朝我撲了過來！

完了！我咬緊牙根並且緊閉雙眼，只能任他宰割了。

可是，預想中的攻擊並沒有發生。

怎麼回事？

我睜開雙眼，卻發現怪物不在眼前。

跑哪去了？

「呼咻咻！」

聲音是從我的後方傳來的，於是我將頭轉了過去。

他還在，只是並沒有轉過頭來看我。

「喂……」我輕聲呼喚。

「喂！你這隻章魚……」

不管怎麼喊，他都沒有任何回應。

難道……

我從地上撿起了一顆小石子，並朝怪物的方向扔去。小石子不僅沒有砸到任何一條觸手，甚至還直接穿過他的身體掉到了地上。對於這個結果我感到非常意外，於是決定鼓起勇氣進行進一步的確認。

我的手就這麼穿過了他的身體。

這傢伙……不是實體？而是虛像？

是嗎？應該是吧？

這樣啊！原來如此。

「搞什麼鬼啊！」

簡直是莫名其妙！這算是哪門子的試煉啊！莫非守護者是按照顧人怨的程度來排順序的嗎！太令人不爽了！

「呼咻咻！」

吵死了！

可惡！我竟然被這種不入流的把戲嚇得驚慌失措！這簡直是恥辱！走著瞧！這筆帳我一定會討回來！

於是我就這麼懷著屈辱與憤恨的情緒，頭也不回的繼續往前走。對起之前的小心翼翼，現在我的步伐明顯比剛才還要快上許多，沒辦法，誰叫我目前正在氣頭上。

可惡！真是丟臉丟到家了！

不過或許是因為剛才全力跑了一段路，才剛啟程沒有多久，我就看見前方通道的轉角處有些許的亮光。

「這次又會是什麼呢？」

我一邊猜想，一邊從轉角走過去。

結果出現在我面前的，是一個完全不同的奇妙空間。這個地方仍然在洞窟裡面，不同於剛才的通道，這裡的空間變得更加寬敞，大到可以當作棒球場來使用。

其中最特別的一點，在於上方缺少了遮蔽物，因此陽光可以直射進來，形成一個非常特別的空間。

這感覺就像是不小心走進了一個神聖的場所，讓人又驚又喜。不得不說，這個地方確實是個很不錯的祕密基地。

只可惜，卻有一樣東西破壞了這份感性。

龍，一隻巨大無比的龍。

其體型大概比我在圖書上看到的恐龍還要大上數倍。

長長的尖角、尖銳的利爪、巨大的翅膀、粗壯的尾巴、堅硬的皮膚，不管怎麼想，眼前這座小山絕對是一隻龍。

沒想到我居然有機會遇見這麼夢幻的生物。要不是他出現的不是時候，不然我的情緒肯定會更加興奮。畢竟剛剛才遇見了假的章魚怪物，這讓我實在無法再對眼前的巨龍產生任何期待。

唉……這傢伙也是假的嗎？

與其說是害怕，不如說是感到失望。明明是如此神聖的怪物，然而卻只是個虛有其表的虛像，想到這點，我就想對哈尼斯特抱怨個幾句。

再怎麼說，也不應該破壞我對龍的幻想。

不管外觀看起來有多麼嚇人，只要伸手一碰肯定就會馬上破功。

因此我漫不經心的朝巨龍的頭部伸手一摸，可是結果又再度出乎我的預料。

咦？我碰到了？

明明心底是不抱持任何期待的，可是現在卻真的碰到了。

真的假的？那麼這傢伙不就是……

忽然間，這個巨大的傢伙睜開了雙眼，並且睡眼惺忪的看著我，樣子顯得有些不太高興。

「哼！」

然後他用鼻子哼出一口氣。或許這只是他平常的習慣動作，不過對我來說，那卻是足以令我臉色發白的驚人鼻息。

僅僅只是這麼簡單的動作，卻足以將我吹倒在地上。

不會吧……我完全愣住了。

這傢伙……是真的？

一隻活生生的巨龍？

他就是我今天最後的對手？

別開玩笑了……

我頓時感到四肢無力、全身發軟。不管怎麼想都太強人所難了……怎麼可能有辦法戰勝這種巨大的生物？

他和剛才的章魚，以及比安利那條巨魚相差太多了，他是一頭貨真價實的大怪物。

怎麼辦？我到底該如何是好？

對了，不是還有奇蹟禮物箱嗎？

只要創造出足以打敗他的道具不就好了！沒錯！就是這樣！所以快想像吧！快想像自己能夠打贏這隻巨龍的畫面，只有這麼做，才能引發奇蹟！

然而，試了幾次卻都沒有成功……

怎麼會這樣……怎麼會突然不靈了！我拼了命想要再試一次，可是不管我怎麼想像似乎都沒有半點作用。

為什麼？這到底是為什麼？

剎那間，突然有一個念頭鑽進了我的腦海裡。

是這樣嗎……是這麼回事嗎……

之所以會不靈，是因為我害怕了嗎？不管我再怎麼努力去想像，內心深處還是會認定自己沒有辦法打敗他。即使不願意去承認，但我的內心依舊非常誠實。

不可能贏得了這麼可怕的生物。雖然很不服氣，但或許就是這樣吧！

實力實在是太懸殊了……

光靠一個鼻息就能輕易將我吹倒。面對這種怪物，我又怎麼可能會有任何不切實際的想法。

這已經不是小螞蟻戰勝大象那種程度的妄想了，根本就不可能會贏。再怎麼拼命也只是徒勞無功，到頭來只會讓自己變得更加落魄。

已經不行了……

這不是我能夠跨越的高牆。

我……輸了。

「別放棄！溫米！」

就在這時，我聽見了熟悉的聲音。

是小鐵！他從另一邊的出口走了過來！

「不要被他的外表給嚇到了！仔細看看他的架式！」

儘管他看起來有些踉蹌，但還是對我大喊著。

這麼說來……因為被那巨大的身軀給嚇到，讓我沒有注意到其實這隻巨龍從頭到尾都沒有站起身子，僅僅只是用鼻子呼出一口氣而已。

「注意到了嗎？他並沒有對你產生任何的敵意！這就是龍！是擁有高度智慧的生物！雖然沒辦法用語言和他溝通，但絕對不是什麼殘暴的生物！」

真的是這樣嗎？

小鐵說的話還真的有一番道理，不過還是會感到害怕就是了……畢竟那是出於本能的反應。

人只要站在可怕的事物面前都會這樣，多虧了小鐵，終於讓我恢復了一些理性。

「那麼該怎麼辦？」我看著走到我身旁的小鐵問道。

「必須要展現出自己的誠意才可以。」

「誠意？」

「別東張西望，照我說的做就行了。」

就在我還沒有搞清楚狀況之前，小鐵的下一個舉動竟讓我看呆了。他不僅整個人往下一跪，同時還將自己的額頭緊緊貼在地上。

這、這是要做什麼？

「拜託你！」

接著，小鐵發出了誠懇的請求。

「請你讓我們通過這裡！」

這下子讓我徹底的無言了。所謂的誠意，指的就是要像這樣捨棄無謂的自尊，去向那隻巨龍求情嗎？

真的有這麼簡單？我的心底充滿了困惑。巨龍的目光很明顯的移到了小鐵的身上，不過他依舊不為所動。

還是不行嗎？

「溫米，快！你也要照做！」

「我也要？」

「對！快點！只靠我一個人是不行的！快啊！」小鐵焦急的催促著我。

一下子發生了太多的變化，讓我腦筋有些轉不過來。

我看看巨龍，然後又看向小鐵，他依舊緊緊貼在地上，完全不打算起來。

「真是拼命！」我如此心想。

一般人會做到這種地步嗎？面對永遠也攀爬不了的高牆，真的會有多少人願意如此卑躬屈膝？

適時的認輸其實也沒什麼大不了的，反正我的人生一直都在拼命逃避，就算多這麼一項紀錄也沒差。

「拜託你！」

我決定要有樣學樣。

「請你讓我們通過！」

因為我想要完成小鐵的心願。想要完成他人的心願，就是我現在的心願，哪怕是要我捨棄自尊也在所不惜，因為我們是朋友。我想和小鐵成為一輩子的好朋友！

看著我們兩人的舉動，巨龍卻依舊不為所動。

過了不久，他才將巨大的尾巴挪動了些許，使得藏在那後方的一個洞口現出了原形。

「哼！」

巨龍哼出了一絲氣息，隨即就將眼睛緩緩閉起。

難道說這是……

「太好了！我們做到啦！」

小鐵興高采烈的抱住我。

這一刻，我們終於做到了。

※※※

「你為什麼會這麼清楚龍的習性？」

「當然是因為有過類似的經驗囉！」

「什麼經驗？」

「一個慘痛的經驗……」

「是嗎？那我還是不要知道好了。」

無知有時也是一種幸福。

我們走進了巨龍身後的入口，再度進入了一個黑漆漆的通道。這個通道比剛才的還要狹窄，一不留神就會擦撞到岩壁，不過我並不介意。

因為我們終於成功了。回想起來，儘管只是非常短暫的時光，但卻是一段非常刺激的冒險。

與小鐵相遇、在大街上跑給警察追、走進這個奇妙的空間，以及和三名性格迥異的守護者比拼，這些都是以前的我不曾想像過的奇妙旅程。

未來不管過了多少年，我都不會忘記這次的冒險，我有些依依不捨的看著小鐵。

「怎麼了嗎？」

小鐵感到不解。

在這之後，我們就要分開了。或許我們還有時間可以好好聊聊，但最終還是要回到各自的歸處。小鐵要回他的故鄉，繼續為了夢想努力打拚，而我也要回到原本孤寂無趣的生活裡頭。想到這裡，我就變得有些依依不捨。

「小鐵……」

我緩緩開口問道：「我們是朋友嗎？」

或許是我太過唐突，小鐵並沒有馬上回答。

過了幾秒，他才用十分誠懇的口吻說道：「這是什麼話？我們當然是朋友。」

「這樣啊……謝謝你。」

有他這句話就足夠了，我打從心底感謝小鐵。

此時，我注意到前方通道出現了一道白光，這令我忍不住加快了腳步，我們就這樣離開了灰暗的通道。

適應了黑暗的環境，讓我的眼睛一時之間感到異常的刺痛，完全沒有辦法睜開眼睛。

等到我的視力慢慢恢復以後，我才看清楚眼前的景色。五彩繽紛的繁花盛開著，在陽光的照耀之下，讓人感受到朝氣蓬勃的生機與活力，以及一股清新合宜的自然氣息。

如此美麗的景緻，真是難得一見。不得不說，這裡真是美極了。為了多看幾眼這難得的美景，不由自主的四處張望，就在此時，我發現了一樣物品。

那是一個散發出耀眼光輝的箱子。

「小鐵！那個！」

「我也看見了！」

我和小鐵都興奮的大叫。是寶藏！一定是寶藏！

我立刻衝上前去，並用手抓住了箱子的前緣，我的雙手因為興奮而忍不住顫抖著。

「要開囉！」

「嗯！」

我興沖沖的將蓋子給掀開。

我們既沒有看見值錢的古錢幣，也沒有看見深具收藏價值的文物。只有一件東西靜靜躺在角落，而且還是一個令人大感意外的物品。

「這不是……」

為什麼裡頭放的，會是一個和小鐵長得一模一樣的玩具士兵人偶？

「雖然繞了一大圈，不過總算是找到了。」

正當我腦海裡全是問號時，小鐵忽然這麼說：「這樣的話我也算是功成身退了。」

什麼？他怎麼突然說些莫名其妙的話？

「溫米，仔細聽好了……」

小鐵無視滿臉疑問的我，逕自把話給接下去。

「我是你父親的心意。」

10 眞相與訣別

「什、什麼？你在說什麼？」

面對小鐵突然出現的反常舉動，我感到相當茫然。

「誠如剛才所言，我並不是什麼外星人，而是你父親的心意。」

儘管他以平淡的語氣複誦，但我還是沒能理解。

他說自己是父親買來的禮物？

這該不會是流行於宇宙中的整人手法？

「幹嘛突然說這些莫名其妙的話？你該不會是興奮過度，所以胡言亂語？」

「我是說真的。」

「別鬧了啦！這麼難笑的笑話別再說了，還是先把重點放回箱子上，這裡頭根本什麼也沒有。」

「那是因為打從一開始就沒有寶藏。」

原本只是想藉機轉移話題，沒想到小鐵卻說出了讓人無法忽視的一句話。這豈不是在否定我們這一路上所有的努力？

明明剛才為了寶藏，不惜捨棄一切向巨龍低頭下跪，為什麼現在又卻像是變了個人似的說出這番言論？

為了振興故鄉，無論如何都必須得到寶藏，這句話難道不是你親口說的嗎？你連自己的信念都可以當作玩笑嗎？

「你知道自己在說什麼嗎？」

「是的，非常清楚。」

「那好吧！你想說什麼就快說，不然太令人不爽了。」

即使情緒上多少受到了些影響，不過我還是決定奉陪到底，就來看看他葫蘆裡到底賣的是什麼藥。

「沒問題，我會將一切全盤托出。」

停了一拍，他接著說：「你應該還記得自己的父親三年前因為一場意外而不幸去世的事吧？」

「慢著！為什麼你會知道這件事？」

我不記得自己有跟他提過。

「別著急，請先繼續聽我說下去。雖然那是一場不幸的意外，不過現在請你仔細回想一下，是不是有哪個地方不太對勁。」

「什麼不太對勁……那就只是一場單純的交通意外，不是嗎？」

小鐵搖搖頭。

「不對，我問的不是這個。我的意思是說，你有沒有懷疑過自己的父親為何會在『那個時間點』發生意外？」

本來我還想要說點什麼，不過話剛到嘴邊就被我吞了回去。

這麼說來，我好像從來沒有想過這一點。關於父親的死因，我只知道他是被車輛撞傷致死的，卻不曾去深入探討其中的原由。

因此當小鐵以問題作為誘導，這才使我注意到一件事。那天，父親並沒有像往常一樣待在家裏，而是在外頭遭遇了不幸。

父親是個生活非常規律的人。

總是在固定的時間點起床、在不變的時間出門，並且在同樣的時間回家。就算是休息日，仍然會以差不多的步調度過一整天。

猶如機器般規律的生活，住在同一個屋簷下的我，完全掌握了他的日常作息時間。因此我很清楚每天傍晚，他一定會在沙發上看電視或報紙，並且等我放學回家。所以那個時段，一直是我們家例行的「說教」時間。

可是那天他並沒有待在家。

是出去辦事情嗎？又或是因為工作而延誤了回家的時間？關於這一點，我一直沒有去深入思考。

「就算瞭解了又怎麼樣？任何人都有可能會遇上突發狀況不是嗎？」

然而這也不是什麼值得懷疑的疑點。他又不是出去做什麼壞事，只不過是在回家的路上不幸被車給撞到而已。

意外永遠是意外，不會忽然變出陰謀的。

「你不想知道其中的緣由嗎？」

「不想。」

「即使那跟你有關也一樣？」

我愣了一下。

小鐵不等我回答，立刻接著說：「那天你的父親之所以會晚回家，是為了要買你的禮物。」

像是被人當場賞了兩個耳光，我幾乎不敢相信自己聽到的話。

我的……禮物？

小鐵不理會我的驚訝，繼續接著說：「那天你的父親在回家的路上，順道去了一家玩具店，當時他在店裡面想了好久，最後才決定要買一個玩具士兵的人偶——也就是我。」

明明小鐵就近在我的眼前，但此刻卻覺得他離我好遠。他現在說的，我是一個字也沒聽進去。

這是在說我的父親吧？那個只會罵我、責備我，甚至從來不曾誇獎我的父親，竟然說他會買禮物送給自己的兒子？

這怎麼可能……

「就算是想說謊，好歹也打個草稿……」

「這是事實。」

「怎麼可能，」我反駁道：「他才不是會做那種事情的人。」

「無論你再怎麼否認，這都是事實。」

「你憑什麼這麼斷言？」

「因為我是他的心意。」小鐵堅定的說道。

「作為他親自挑選的禮物，我能夠體會他當時的心境。你的父親對你感到相當愧疚，但是卻又不知道該怎麼彌補才好，於是笨拙的他，才會選擇用送禮物的方式來傳達自己的心意。」

我注意到小鐵的身體正在微微顫抖。

「但是天不從人願，你的父親沒能如願以償。當他抱著我走在回家的路途上，明明他是走在斑馬線上，卻被一輛闖紅燈的轎車給撞個正著，即使很快就被送往醫院進行搶救，仍然因為傷勢過重而回天乏術。」

這讓我想起了那天在急診室外焦急等待的回憶。

明明我已經不想再想起那些片段……

「之後你的父親去了地府報到，由於沒能將禮物轉交給你，因此他的心中留有莫大的遺憾。順帶一提，當時的我因為撞擊也跟著飛了出去，隨後就掉進臭水溝裡不知去向。」

小鐵自嘲地說。

「為了完成這個遺願，你的父親不惜和地府打交道。在他不屈不撓的請託之下，地府才勉為其難的答應要幫他完成心願，條件是必須先接受地獄的酷刑整整三年。」

從那天之後一直到今天，確實是過了三年。

「為了讓人能夠徹底的反省自己生前的所作所為，地獄的酷刑可不是一般的嚴刑拷打那麼簡單，有些刑罰光是聽到名稱就足以令人感到渾身顫慄。不過你的父親依舊欣然接受了這些酷刑，而這一切都只為了實現自己的遺願。很好笑吧！」

小鐵乾笑了幾聲，而我實在沒辦法笑出來。

「三年後，你的父親總算是撐了過去，於是地府決定遵守承諾幫他這個忙。他們先是找回了不見蹤影的我，甚至賦予我短暫的生命與力量，讓我能夠以託夢的方式改變你的夢境，藉此和你見面。」

「這麼說來……」

「是的，打從一開始就沒有什麼外星人或寶藏，一切都是我在自導自演，包括守護者在內，我們一路上遇到的那些事物，以及名為奇蹟禮物箱的神奇力量，全都是我利用夢境衍生出來的一種想像。」

這下我徹底啞口無言了。

想不到這一切竟然是騙人的……想不到我耗費了那麼多心力，到頭來卻只是一場夢而已？

此刻我的心情就好比以為自己拿到了頭獎彩券，當要去兌換獎金時卻發現那張彩券其實是假的一樣，心情瞬間跌到了谷底。

「騙了你這麼久真的非常抱歉，不過這是你父親的心願，所以我無論如何都想幫他實現。」

小鐵拍拍頹然坐到地上的我，像是在安慰我。

「他希望能將我送到你的身邊，同時也期許你和我能夠成為很好的朋友，所以我才會利用託夢的力量設計這一系列的劇情，好讓我們可以名正言順的『玩』在一塊。」

但是這些話反而讓我覺得越來越難受，我有一種遭到背叛的感覺。

「是嗎……原來我們之間的相遇並非偶然，打從一開始就是計畫好的嗎？刻意接近我並積極請我幫忙，甚至還說把我當作朋友看待，原來那些都只不過是為了實現那個人心願的演技嗎……」

我現在的情緒十分複雜，到底悲傷與憤怒各佔了幾成的比例，連我自己也不清楚。不過，小鐵依舊厚著臉皮說：「不對，那並不是演技，我確實很想完成你父親的心願，但想和你成為朋友絕對是我的真心話。」

「簡直是自相矛盾。如果你真的有把我當成朋友看待，那就不應該跟我說這些事情才對。」

要是小鐵可以一直演下去，那我就不會因為知道真相而感到難受，或許還能夠笑著與他互道離別，最後在將這段美好的回憶永久保存在自己的腦海中。

本來應該是這樣的。

現在這樣到底算什麼？

被迫知道一些不想知道的事實，我真的一點都不高興。

「正因為把你當作朋友……」

可是，小鐵似乎卻不這麼認為。

「所以我才會說出來。」

他好像覺得這樣對我會比較好。這種強勢的作風，的確很像我的父親，讓我打從心底感到很不愉快。

「其實本來預定是要等到離別之際，藉口將一個跟我長得一模一樣的人偶給你當作信物，以便偷偷達成目的。不過與你相處之後，我決定改變計畫，選擇將真相告訴你。」

小鐵的語氣非常堅定。

「因為我不希望你一直誤會自己的父親。」

「那你按照原定計畫不就好了？你以為這麼做我就會比較開心嗎？」

「是的，我真的這麼覺得。」

聽到這句話，讓我再也壓抑不了心中的情緒。

「明明只是個玩具……少在那邊自作主張。」

我的聲音變得異常的低沉，心中有股力量正順著喉嚨往上奔騰。

「你根本就不瞭解他是一個怎麼樣的人！」

我發出憤怒的咆哮，彷彿想要將心底所有不滿的一切全部宣洩出來。

「他根本就是一個瘋子！一個成天只會要求完美的瘋子！你知道我每天起床都很害怕嗎！因為我不知道自己的父親今天又會怎麼整我！功課做了嗎？房間掃了嗎？還不快去唸書！誰說你可以看電視！這麼簡單都不會？你白痴啊！他就像是壞掉的機器一樣！永遠都有說不完的訓辭會不斷竄進你的耳裡！讓你連上床睡覺也會因為幻聽而輾轉難眠！」

我內心緊閉的水龍頭被強制打開，心中所有的不滿與委屈都在尋找能夠發洩的管道。

「一下要求這個，一下要求那個！做不好就罵，做得好也罵！總是笑我跟豬一樣笨！養我還不如養一條狗！成績沒有考好不准吃飯！就算考好那又怎麼樣！動不動就罵人是廢物！還說我把他的臉都丟光！」

心中的烈焰正焚燒著全身，我的身體正在發燙，喉嚨也在隱隱作痛。即使如此，我還是沒有停止怒吼。

「我一直活在他的恐懼之下！在他面前我一直抬不起頭！我甚至懷疑自己不是他的兒子！因為他從來就沒有對我說過半句好話！也從來沒有表示過任何好意！明明是這樣的一個人！你卻跟我說他想改邪歸正？想跟我重修舊好？還要我去體諒他的心意？」

我忍不住大吼：「別開玩笑了！」

這一聲怒吼，使我發燙的腦袋變得更加沸騰，讓我感到頭暈目眩。

我的身體因為激動而不斷地顫抖，用力握緊的拳頭，彷彿快要用手指將手心給貫穿過去。全身都沉浸在激憤的餘韻之中，可我的內心並沒有因此得到任何滿足，反而像是破了個洞似的，只讓我感到為比的空虛。

真是的……

說什麼可以冷眼看待這一切？其實我只是個逃避現實的膽小鬼，我一直都在逞強。以為自己內心變堅強了，殊不知，什麼也沒改變。我依舊是個害怕父親、沒有朋友、被人欺負的可憐蟲而已。

已經夠了……我很累了。拜託讓這一場鬧劇都結束吧……

「那天在玩具店，是我第一次遇見你的父親。」

此時，小鐵緩緩地道出一段往事。

「他戴著黑框眼鏡，表情嚴肅的看著我們這些玩具。老實說，當時我對你父親也沒有什麼好印象，我甚至覺得他應該是走錯地方了。」

他繼續說：「可是他一直在店裡頭來回走動，像是在尋找什麼似的四處張望，口中還不斷唸唸有詞的說個沒完。即使他始終擺著一張撲克臉，不過隨著時間的流逝，他的樣子逐漸變得有些急迫。他到底在找什麼？我想那應該是當時店內所有玩具的共同疑問。」

這是在說我父親的事嗎？怎麼聽都不像是他會有的舉動。至少在我面前，他從來沒有這樣過。

「最後看不下去的店員跑上前去跟他搭話，他才支支吾吾的說了一句。你覺得他說了什麼？」

我搖搖頭。

「他說：『我想要挑送給兒子的禮物，可是不知道要選什麼才好。』……」

「看你的表情應該是覺得我在說謊，對吧？」

小鐵笑了一下。

「其實我也沒有想要說服你的意思，畢竟關於你的父親，我當然不可能會比你還要瞭解他的為人。只是身為一個被當成禮物的玩具，我有義務要讓你知道，他真的有那個心想要向你釋出善意，不論你相不相信，這都是鐵一般的事實，不能改變。」

「為什麼你要這麼拼命為那種人辯護？」

事到如今，我也沒有心情再跟小鐵爭論，只能無力地發問。

「因為我在他身上看見了執著。為了實現沒能完成的遺願，他甘願忍受殘忍的酷刑，也要將我送到你的手上。坦白說，我真的覺得他這麼做很不值得。」

小鐵頓了一下，然後說：「但我同時也覺得他很了不起。」

「或許他打從一開始就知道，長期惡化的父子情節沒那麼容易修復，也或許他早就發現你一直都在怨恨他。但是他還是決定要這麼做，即使自己已經死了，心裡頭仍舊惦記著你。」

「你現在應該不太能認同這個說法吧？那也無所謂，我只希望你能夠把我說的這些話放在心裡面就好。希望你能好好記住，其實你的父親並沒有你想像中的那麼糟糕。」小鐵平靜的說道。

「總之，我所能做的，也就只有這麼多了，至於要怎麼想全操之在你。那麼，接下來就……」

突然，小鐵的身子慢慢化成一顆顆光粒。

「還真準時……」小鐵喃喃自語。

「怎、怎麼了？你又想要做什麼？」

我感到莫名的驚慌。

「時間到了，我必須要離開才行。」

「為什麼？你不是還沒……」

話說到一半，我就想起了一件事。那是剛才被我忽視掉，一個關於小鐵的重要訊息。

「你……之後會怎麼樣？」

「這條命是地府暫時借給我的，我想大概會被他們收回去吧！」

「那樣的話……」

你不就會變回原來的狀態——這句話，我說不出口。

「別這麼悲觀嘛！只不過是恢復到原本該有的樣子罷了，畢竟我本來就只是個沒有自我意識的人偶。」

相較於小鐵的一派輕鬆，我則是因為太過突然，完全沒有做好心理準備。

「再見了，跟你在一起我很愉快。」

「等等！拜託等一下！」因此我下意識的叫住了小鐵。

「拜託你……別走，留下來陪我好嗎？你不是說我是你的朋友？那麼繼續留在朋友身邊不是很正常的事嗎？」

事到如今，我也顧不得自己的顏面，就算費盡唇舌也要把小鐵給留住。好不容易！好不容易才交到了一個朋友！怎麼可以讓他就這樣消失在我面前。

「別這樣……溫米。每個生命都有他應該去的地方，我能像這樣和你說話，已經算是一種特例了，要是再有更進一步的要求，只會害你陷入更危險的處境裡頭。」

「我不在乎！只要能夠把你留在身邊，不管要我做什麼都……」

「溫米。」就在我激動的想要展現決心時，小鐵淡然的打斷我。

「我很感謝你有那個心……但是請別這樣，我不能讓你為了我，將自己的未來全賠進去。」

剎時間，心中所有的氣力全都消失在我體內，取而代之的，是無限的惆悵與哀傷。

「我又要變回孤單一個人了嗎……」

以為自己好不容易交到了朋友，到頭來卻只是一場空，想到這裡，我便忍不住哭了出來，眼前變得模糊一片，斗大的淚水順著我的臉頰滑落。

「好了啦！真不像你。」

此時，小鐵用他的小手擦掉了我的眼淚。

「堅強一點，你是男生吧！怎麼可以這麼輕易就掉眼淚。」

木頭做的小手比我的臉頰還要硬，然而不知道為什麼，我卻能從那硬邦邦的觸感中感受到些許的溫度。

「我又不是真的要走了，雖然今後無法像現在這樣互相對話，但我還是會一直在你身邊。」

「別忘了，我可是你的禮物。」小鐵開朗的說。

「萬一你真的感到太寂寞的話，那就試著去交朋友吧！我相信只要你有那個心就一定可以做到。」

「可是……」

「別害怕。」

小鐵拍拍我的肩膀。

「拿出你的決心與勇氣，我相信你是個說到就能夠做到的人，那些艱難的試煉不都被你突破了嗎？那麼交朋友這種小事又有什麼困難的呢？還記得我跟你說的──只要相信，就一定能創造奇蹟。」

這些話不管怎麼聽，都像是為了安慰我而說的場面話，毫無根據可言。可是不知道為什麼，小鐵總是能將這些話說進我的心坎裡，讓我倍感溫馨。這是魔法嗎？我不知道。不過我很感激。擦乾眼淚，我決定說出心中最想知道的疑問。

「你還把我當朋友嗎？」

「真是個蠢問題，我和你當然是朋友，永遠都是。」小鐵毫不猶豫的回答。

這一刻，我覺得自己的內心好充實。

「謝謝你，小鐵。」

小鐵豎起了自己的大拇指。

「再會了，我的朋友。」說完這句話，小鐵剩餘的身體就這樣消失在半空中。

不行，不可以，我不能再哭了。然而不管再怎麼硬逼自己忍住眼淚，可是它們還是不爭氣的從我的眼中滑落。隨即我便再也無法忍受的放聲大哭。

※※※

早晨的太陽刺痛著我的眼睛。我躺在床上，疲憊的身體讓我還想再多躺一會，可是意識卻清楚到令我無法入眠。腦中浮現出來的畫面是那麼的令人害臊。記得自己最後是痛痛快快的大哭了一場，不過後來到底發生了什麼事，這我就不得而知了。

只知道睜開眼睛，第一個映入眼簾的便是我的房間。那究竟是夢，還是真實經歷的一場冒險，我已經不在乎了。我只知道自己經歷了一場永生難忘的冒險。而且，還是和我最好的朋友。想到這點，我便不由自主的將目光轉向自己的書桌。上頭有一個醒目的東西。我忍不住對他露出一絲微笑，隨即又覺得這樣很蠢，忍不住用棉被蓋住自己的頭。

看來如果要想更進一步，我還有一大段路要走。算了，以後有的是時間，我相信他一定也不會計較的。因為我們是朋友，最好的朋友。今後，我是不是還能遇到這樣的好友呢？誰知道，可能很難吧！不過無所謂，我會去嘗試的。想要改變的話，就必須親自去爭取——這是我從他身上學會的道理。

從今以後，我一定會謹記這項教誨，努力去生活。對了，還有另一件事。不過我看還是先將它往後延一點好了。我還不想這麼早妥協，至少現在不要。等再過一段時間，我再來決定要不要去掃那個人的墓。所以請再等等，等我做好心理準備。

我坐起身來伸了一個大懶腰。身體還是好累，眼睛還有點浮腫，我的臉看起來有點嚇人。作為嶄新的一天，某種意義上來說還真是糟糕透了。

不過，那也無妨。我看向桌上的玩具士兵。

「早安，小鐵。」

因為從現在開始，就是屬於我的新旅程。

培育
文化

勵志學堂 51

溫米與玩具兵

作　者　氣泡小嵐
責任編輯　王惠蘭
美術編輯　蕭佩玲
封面設計　蕭佩玲

出版者　培育文化事業有限公司
信箱　yungjiuh@ms.45.hinet.net
地址　新北市汐止區大同路三段一九四號九樓之一
電話　（02）8647-3663
傳真　（02）8674-3660
劃撥帳號　18669219
CVS代理　美璟文化有限公司
TEL／(02)27239968
FAX／(02)27239668

總經銷：永續圖書有限公司
永續圖書線上購物網
www.foreverbooks.com.tw

法律顧問　方圓法律事務所　涂成樞律師
出版日期　2015年1月

國家圖書館出版品預行編目資料

溫米與玩具兵/氣泡小嵐著. -- 初版.
-- 新北市 : 培育文化, 民104.01
面 ;　公分. -- (勵志學堂 ; 51)
ISBN 978-986-5862-43-5(平裝)
859.6　103023226

※為保障您的權益，每一項資料請務必確實填寫，謝謝！

姓名		性別	□男　□女
生日	年　月　日	年齡	
住宅地址	郵遞區號□□□		
行動電話		E-mail	

學歷

□國小　□國中　□高中、高職　□專科、大學以上　□其他＿＿＿＿

職業

□學生　□軍　□公　□教　□工　□商　□金融業
□資訊業　□服務業　□傳播業　□出版業　□自由業　□其他＿＿＿＿

謝謝您購買 ＿＿溫米與玩具兵＿＿ 與我們一起分享讀完本書後的心得。務必留下您的基本資料及電子信箱，使用我們準備的免郵回函寄回，我們每月將抽出一百名回函讀者，寄出精美禮物以及享有生日當月購書優惠！想知道更多更即時的消息，歡迎加入"永續圖書粉絲團"

您也可以使用以下傳真電話或是掃描圖檔寄回本公司電子信箱，謝謝！

傳真電話：（02）8647-3660　　電子信箱：yungjiuh@ms45.hinet.net

●請針對下列各項目為本書打分數，由高至低5～1分。

	5 4 3 2 1		5 4 3 2 1
1. 內容題材	□□□□□	2. 編排設計	□□□□□
3. 封面設計	□□□□□	4. 文字品質	□□□□□
5. 圖片品質	□□□□□	6. 裝訂印刷	□□□□□

●您購買此書的地點及店名＿＿＿＿＿＿＿＿

●您為何會購買本書？

□被文案吸引　□喜歡封面設計　□親友推薦　□喜歡作者
□網站介紹　□其他＿＿＿＿＿＿＿＿

●您認為什麼因素會影響您購買書籍的慾望？

□價格，並且合理定價是＿＿＿＿＿＿　□內容文字有足夠吸引力
□作者的知名度　□是否為暢銷書籍　□封面設計、插、漫畫

●請寫下您對編輯部的期望及建議：

221-03

新北市汐止區大同路三段194號9樓之1

FAX：（02）8647-3660
E-mail：yungjiuh@ms45.hinet.net

培育

文化事業有限公司

讀者專用回函

溫米與玩具兵

培養文化育智心靈的好選擇